致青春 036

戀上浪花一朵朵

（上）

酒小七　著

高寶書版集團

目錄
CONTENTS

第一章
最美不過相遇

進入十月後的Z市，天氣一直不太好，連綿的小雨，濕濛濛冷颼颼的，整個城市像是跌入了灰暗朦朧的印象派畫作中；人的心情也像是被雨澆了水，又濕又重。

這樣的壞天氣一直持續到雲朵來到Z市的那天，那天之後，天空驟然放晴，旬日不見的太陽高高掛起，陽光金脆，籠罩萬物，霎時使這座城市變成了一幅明亮的油畫。

「真是一座好客的城市啊！」雲朵不禁感嘆。她揹著一個大大的雙肩包，一手扶著掛在胸前的相機，另一手提著一個用塑膠袋裝著的茶葉蛋。茶葉蛋是她早餐吃剩的，不忍心浪費糧食，因此一直提著。

與她並肩而行的是一個矮個子中年男人，雲朵稱呼他為「孫老師」。她今年夏天大學畢業後進入《中國體壇報》工作，一直是孫老師在帶她。現在她的試用期剛過。

孫老師扭頭看她一眼，笑了笑。他是個很愛笑的人，待人一團和氣。孫老師打趣她：「雲朵，帶著茶葉蛋去游泳館，成何體統？」

雲朵嘿嘿一笑，把塑膠袋打了個結，順手丟進上衣寬大的口袋裡。

孫老師又問她：「第一次正式做採訪，緊不緊張？」

雲朵仔細感受了一下此刻的心情，方才答道：「不緊張啊，反正有您罩我呢！」

「瞧妳這自信！」孫老師搖搖頭，「下次有這樣的場面，就讓妳單獨出訪。」

雲朵知道他在說笑，這麼大的場面，怎麼可能讓她一個小蝦米單獨去採訪呢。

是的，大場面。因為，前方的游泳館內，正在舉辦一年一度的全國游泳錦標賽。

一直以來，游泳在中國並不是一項受到廣泛關注的運動，一個世錦賽游泳冠軍的身價要遠遠低於一位普通的中國國家足球隊運動員，儘管後者在他的領域內未必有什麼建樹。

這種稍嫌尷尬的現狀，一直到去年的奧運才被打破。因為那屆奧運游出了中國天才祁睿峰，在游泳項目上獲得了一金兩銀，還破了世界紀錄，使中國揚眉吐氣了一番。

這樣的好成績，自然在全國體壇掀起了一陣游泳熱。

雲朵到的時候，游泳館竟然已經座無虛席了，可見人民群眾的熱情之高。在西看臺，有一大群人正拉著旗子高聲吶喊，旗子上的口號是「祁睿峰，加油！」。

另外還搖晃著各種應援板，寫字的、畫畫的、鼓勵的、示愛的……看這氣氛，很像是在參加明星見面會。

游泳比賽的耗時都很短，會如此大費周章、一點也不考慮CP值地加油助威，那一定是真愛粉了。

不愧是奧運冠軍啊，雲朵感嘆，連真愛粉都比別人家的高檔。

也不怪這些真愛粉如此高調，因為祁睿峰有參加今天的比賽：男子一百公尺自由式的預賽、準決賽和決賽。

說起來，祁睿峰擅長的是長距離游泳，他的奧運金牌也來自於一千五百公尺自由式，至於這次為什麼要報名參加一百公尺的，大概也只是想挑戰一下自己吧！

當然了，在粉絲們的眼中，他們家祁睿峰就算是參加一百公尺自由式，那也必然是所向披靡的。

其實這種自信並非盲目，因為接下來的成績，祁睿峰在預賽和準決賽中都排在第一名。

不愧是奧運冠軍啊！雲朵又要感嘆。

可惜的是，這個奧運冠軍比較大牌，預賽和準決賽一比完就走運動員通道離開了，理由是不想因為記者採訪而影響到後續的比賽。

想要採訪到他，也只能等決賽結束了。

記者們不敢抱怨，都在媒體專區乖乖等著。決賽即將開始時，孫老師已經做好了等等就帶著雲朵搶採訪位置的準備，他擔心雲朵揹著大大的雙肩包跑不快，還主動把那包包揹在了自己肩上。

雲朵伸長脖子看著運動員入場。運動員們一個個都很奔放，一邊走一邊脫衣服。寬肩、腹肌、大長腿是這些游泳運動員的標配，雖然看了好幾次，但她還是看得一陣眼花繚亂。

幾乎所有記者都盯著祁睿峰，他在第四泳道。從他一露面，粉絲們就沒停下吶喊和尖叫，「祁睿峰！冠軍！祁睿峰！冠軍！」

幾位運動員做好準備，像是蓄滿力的弓弦。隨著比賽槍響，他們飛快衝入水中，宛如劍魚一般破開水面，逐浪前行。

雲朵不是很能欣賞游泳的魅力。這場比賽給她最深刻的印象就是：快，太快了。以及，吵，太吵了。

從運動員們入水開始，場館內的大喊聲就上升了一個層次，雲朵的耳朵嗡嗡作響，半天回不過神來。

一百公尺自由式，全部都在一分鐘之內游完，雲朵還在耳鳴，孫老師已經在拍她肩膀：「朵朵，快準備！」

孫老師當然是很著急的，因為運動員們紛紛上岸了，祁睿峰正朝這邊走來，此時不搶更待何時！

記者們一窩蜂地衝過去，無一例外地，目標全是祁睿峰。祁睿峰最近話題度很高，又是女朋友曝光，又是和教練有矛盾……記者們看他的眼神十分饑渴。

雲朵因為反應慢了半拍，不得已只能在周邊乾瞪著，她已經找不到孫老師了……其他運動員陸續走過時，雲朵心想反正閒著也是閒著，便隨便攔下了一個選手打算採訪一下。剛要開口，她突然發覺眼睛像是被晃了一下。

這個人，呃，也太帥了吧……

他已經摘了泳帽和泳鏡，此刻臉上還掛著水滴。可能是經常泡在水裡的原因，他的皮膚特別白。臉型不大，鼻梁懸挺。英挺的眉毛，有些上挑的眼尾，一雙眸子燦若星辰，此刻正認真地看著雲朵，看得她一陣不好意思。

在他乾淨坦誠的目光下，雲朵有點局促地低下頭。她的視線便落在他的胸前，透明晶瑩的水滴正沿著他寬闊結實的胸肌緩緩向下流淌。出於本能地，雲朵的目光追隨著那動態的水滴，緩緩地向下移動。水滴淌過他緊繃的腹肌，白皙肌膚包裹著結實而勻稱的肌理，它們整齊漂亮如白色巧克力，卻又蘊含著勃勃的力量。

平生以來，雲朵第一次如此近距離地觀察一個男人的小腹，她感到一陣慌亂，心虛地偏開視線，恰好看到他黑色泳褲邊緣那若隱若現的人魚線。

「咳。」她感覺到自己臉上悄悄升起陣陣熱意。

「妳好？」他微微偏了一下頭，像是在喚起她的注意力。

「……」她已經忘記要問什麼了，大腦一片空白。

他抬腳剛要離開，雲朵總算找回了大腦的正常波段，連忙抬頭看他，脫口而出道：「你感覺自己發揮得怎麼樣？」話是說出來了，她的情緒還停留在剛才那一瞬間的尷尬之中。

「還不錯。」

「嗯嗯，對自己的成績滿意嗎？」深吸兩口氣，雲朵感覺心情平靜了不少。

「滿意。」他這樣簡單地回答，靜靜地看著雲朵的眼睛，等待她的下一個問題。

溫和而堅定的視線讓雲朵莫名心虛了，「那個……嗯，接下來的……訓練目標是什麼？」終於又拋出一個問題。她覺得自己問的這些問題都太沒有水準了，鄙視自己！

他沒回答，而是輕輕一笑。他一笑，那雙眼睛更生動了，亮晶晶的眼眸，上挑的眼角，很像是勾引良家婦女的浮浪子弟。然而他的目光又很乾淨，乾淨得讓人不好意思想歪。

雲朵為自己毫無水準的提問感到慚愧。她僅存的那點勇氣已經煙消雲散了，感覺自己像是全副披掛上了戰場的士兵，結果兵刃未接就先敗下陣來，真是情何以堪！無奈，她只好紅著臉說，「對不起，我是第一次採訪。」

「沒關係，我也很久沒接受採訪了。」

這話有些奇怪，雲朵不好深究。她撓了撓頭，問道：「請問你叫什麼名字？」

這是一個不太禮貌的問題，答了好幾句，才發現原來對方根本不知道你是誰，實在是太傷人了……雲朵問出這個問題之後就後悔了。

真是豬腦袋，怎麼會問這種問題！她今天的表現實在太差勁了！

然而出乎意料的是，他並沒有不悅的反應，只是認真答道：「我叫唐一白。」

雲朵依然沉浸在窘迫中。她低著頭，不想再開口了。

「加油，妳是這幾年第一個採訪我的人。」他頓了頓，像是突然想起了什麼事情，神情有那麼一瞬間的恍惚，然後他伸手遞來一樣東西，「這個留給妳做個紀念，請妳收下。」

那是他的泳鏡。雲朵心想，他大概是在以這樣的方式安慰她，於是她心頭一暖，緊張的情緒也緩和了不少。不過……這位仁兄也太大方了吧……

她不想隨便收人家東西，可是她看到他的目光澄亮而真誠，並無給予者常有的那種自矜。一時間，拒絕的話竟然說不出口，她只好硬著頭皮接過泳鏡，「謝謝……你是我第一次正式採訪到的人，我也要送你點東西做紀念。」

「好啊。」他欣然應允。

雲朵想翻翻背包，這才想起來背包被孫老師揹著，一種不妙的預感爬上了她的心頭。她只好渾身上下地掏口袋，越掏越尷尬，因為口袋裡空空如也……到最後，她只從上衣口袋裡掏出了一顆茶葉蛋。一顆卑微的，茶葉蛋。

雲朵把頭埋得低低的，哭喪著臉對著那顆茶葉蛋。

然後她就聽到了他的笑聲，緩慢而低沉的聲音，輕輕敲在人的耳膜上，十分的悅耳和舒服。但是雲朵無心欣賞這樣的悅耳，她現在只想去死。

一隻白皙的手伸過來，拿走了她的茶葉蛋。悅耳的笑聲還在繼續，「謝謝妳，」他頓了頓，掃了一眼她胸前的媒體通行證，「雲朵。」

雲朵像雕塑一樣保持著攤手的姿勢呆立了很久，當孫老師走過來時，所有運動員都已經離開了。孫老師拍了拍雲朵的肩膀，安慰了她幾句。雲朵抬起頭，迷茫地掃視一周，最後視線落在巨大的電子螢幕上，那上面還停留著剛才那場比賽的成績。

第一名，唐一白，成績48秒52。

雲朵在之後的採訪中慢了不只一兩拍，被孫老師同情地定性為「臨場緊張」。不過孫老師覺得這也沒關係，因為今天剩下的比賽項目裡沒有什麼話題人物，他們的報紙版面有限。言外之意，就是今天可以收工了。

這個時候，孫老師竟然遇到一個多年不見的老同學，驚喜之下，他和老同學攀談起來，越談興致越高，把雲朵晾在一旁。雲朵只好自己跑到游泳館外面閒晃，看看能不能挖掘到有新聞價值的東西。今天的表現太差勁，她不甘心啊不甘心。

游泳館外整齊地種著法國梧桐樹，在這個季節，法國梧桐的葉子已經變得金黃，遠看像是一棵棵巨大的搖錢樹。秋日的陽光透過密實的葉片，灑在淺灰色的地磚上，斑駁搖晃。在這搖晃的光影中，雲朵看到兩隻螞蟻在打架，戰火燒起的原因是一塊麵包渣的歸屬。

為世界和平著想，雲朵彎腰用一片枯葉勸開了牠們。她站起身時，突然聽到「啪」的一聲便低頭，看到一副泳鏡躺在地上。

喔！是她剛才彎腰時不小心滑出來的。

雲朵撿起泳鏡，擦乾淨上面的塵土。她低頭看著那副泳鏡，突然又想到了那個叫唐一白的運動員。真是一個超級友好的人啊！只是萍水相逢而已，就要送她紀念品，這對一般人來說可能會顯得唐突，可是他的氣質乾淨又真誠，讓雲朵一點反感的情緒也生不出來。

雲朵低頭笑了笑，笑過之後，臉上又出現困惑的神情。她對體育並不感興趣，對體壇的深入瞭解也僅限於入職後的這三個月，可是，為了這次採訪，雲朵也做了一些功課。至少她知道，當前的中國泳壇比較有實力的選手裡，並沒有叫唐一白的。

那麼這個在國家級比賽裡一舉摘金的選手，是從哪裡冒出來的？

而且，他的比賽項目是一百公尺自由式。游泳項目裡的一百公尺自由式相當於田徑項目裡的百米賽跑，是各領域裡最驚豔、最受矚目的比賽。那麼，在一個如此備受關注的項目裡橫空出世，這就更加匪夷所思了。

想不明白，雲朵乾脆就不去想了。她摸了摸那副泳鏡，沒有再放回口袋，而是把它戴上去。透過防霧塗層看世界，這世界依然很清楚，只是稍稍過濾了一些色彩，使這花花世界顯得不那麼浮躁。雲朵覺得好玩，也不在意別人詫異的目光，就這樣戴著泳鏡瞎晃。

走到場館後面，雲朵看到一條人為立起來的隔離帶，隔離帶外停著一輛巴士。她好奇地東張西望，想看看這輛車是接送什麼人的。正張望著，場館內走出一群人，穿著統一的運動服。帶頭的人身材高大，眉宇間有種桀驁不馴的氣質，正是中國泳壇新一代的領軍人物祁睿峰，他正在和一個比他矮一顆頭的人勾肩搭背，笑嘻嘻的不知道在聊些什麼。走在他們身邊的人五官俊美，此刻正雙手插著口袋，目視前方。

雲朵眼睛一亮，那是唐一白。

唐一白他們也發現了不遠處這個向他們張望的女孩。她揹著一個大雙肩包，紮著一頭馬尾辮，胸前掛著又黑又大的相機；白皙的鴨蛋臉，臉上戴著……泳鏡？

女孩在太陽底下戴著泳鏡傻笑，還朝他們招了招手。

大概是被她這種打扮震住了，鬼使神差地，一見到雲朵招手，祁睿峰腳步就轉了個彎，領著身後一群人朝雲朵走過來。

看著不可一世的祁睿峰竟然主動走過來，雲朵驚呆了。

祁睿峰走到雲朵面前時，已經是一臉恍然，「不就是想要個簽名嗎？打扮成這樣來吸引我的注意力，妳成功了！」

「啊？」雲朵摘掉泳鏡，不明所以地應了一聲，她看向唐一白，「你好，又見面了。」

唐一白也認出了她，向她點了點頭。他的視線隨即落在她手中的泳鏡上，只是不經意地一掃，像是輕盈的雪片落入湖水裡，不留痕跡，卻是讓雲朵有些局促，她拎著泳鏡的手輕輕抖了一下。

此時祁睿峰還在自說自話，「簽在哪裡？」他看到雲朵抖泳鏡，於是從善如流地拿過她手中的泳鏡，快速地從口袋裡摸出一支簽字筆在鏡面上簽了名。一番動作流暢迅速，雲朵根本沒來得及阻止，顯然熟練度相當高。

她看了看鏡片，幾道飛揚而不知所云的筆畫，不管從哪個角度看都不像簽名，反而更像是鬼畫符。

簽完名，祁睿峰有些奇怪地看了唐一白一眼，「這個泳鏡和你今天用的一樣，難道她是你的粉絲？」

「不是……」雲朵不知道該怎麼解釋。感覺這位天才先生的思路像脫韁的野馬一樣，正常人根本追不上他的腳步。

這時，剛才和祁睿峰勾肩搭背的那個男生突然湊到祁睿峰耳邊說起什麼，一邊說著，兩人一邊看著雲朵。那個男生長著一張正太臉，身高也是幾個男運動員裡最矮的，看樣子年齡還小，也就十五六歲吧。

他說完之後，祁睿峰嚴肅地看著雲朵，問道：「妳就是茶葉蛋妹妹？」

雲朵差一點倒地不起。茶葉蛋妹妹是什麼鬼啊！

正太臉嘿嘿笑了起來。雲朵的臉騰地一下紅成了火燒雲，她偷偷看一眼唐一白，發現他也在笑。

被圍觀者嘲弄了，雲朵有點羞憤。她覺得自己應該是被耍了，唐一白把她的糗事當樂子跟隊友分享了。雲朵挺難過的，她低著頭，轉身就走。

然而剛邁起腳步，她就被拉住了。

唐一白扣著她的手臂，問道：「生氣了？」

雲朵低著頭不看他，硬邦邦地回了句：「請你放開我。」

他卻依然扣著她。他的力氣很大，她根本動彈不了。他固執地問：「為什麼生氣？」

雲朵挺委屈的，明明是他們取笑她，他為什麼這麼理直氣壯地質問她？她深吸一口氣，「我當時沒揹包包，身上就剩下一顆……」她咬了咬牙，「茶葉蛋。你不想要可以和我說，為什麼拿走之後又在背地裡取笑我呢？我很傷心。」

唐一白恍然，他終於明白了問題所在，於是搖了搖頭，「我沒有在背後取笑妳，請妳相信我。」

「那他們怎麼知道的？」

唐一白哭笑不得，「當時有那麼多人看到。」

雲朵卻不信，「可是你剛才笑了。」

「抱歉，沒忍住。」他的目光還是那樣真誠，不過這次，真誠得有些欠扁。

「你……」雲朵突然有些無力，不是說運動員都四肢發達、頭腦簡單嗎？怎麼這一個如此伶牙俐齒？

「我說啊，」祁睿峰發言了，「你們在吵什麼？我覺得『茶葉蛋妹妹』這個稱呼很可愛啊！」

他身旁的正太臉也深以為然地點點頭，「我也這樣覺得。」

雲朵瞪了那個正太臉一眼，「你多大啊！小屁孩，叫別人妹妹？」

正太臉有些不服氣，但很顯然他膽識不足，只好鬱悶地撇了一下嘴。

欺負了小孩，雲朵一點也不覺得慚愧，她得意地一揚下巴，看向唐一白。

唐一白又在笑，眼尾上挑，唇角彎彎，本就好看得令人嫉妒的笑容，在陽光下又添了幾分驚豔。他特別誠懇地說：「我也覺得很可愛，茶葉蛋妹妹。」

這回輪到雲朵鬱悶了，「游泳運動員的品味都這麼獵奇嗎？」

「大概是吧，QQ，你說呢？」

雲朵以為自己聽錯了，「Q……Q？那是誰？」她說著，突然看到祁睿峰的臉臭臭的，像是要發飆。雲朵一下子明白了，「你是QQ？」想不到啊想不到，這個身高一百九十八公分的大個子竟然有著如此別致的暱稱。雲朵扠腰狂笑，「哈哈哈哈哈！我要讓全國人民都知道！」

「不許說！」祁睿峰橫眉立目。

「為什麼，我覺得QQ這個稱呼很可愛嘛！」雲朵笑得花枝亂顫，當場就原話奉還。

祁睿峰眼珠一轉，像是突然想通了什麼，「如果妳保證不說出去，我就告訴妳唐一白為什麼要送妳這個泳鏡。」

雲朵愣住了，這件事還有什麼深刻的原因嗎？可是她和唐一白之前根本就不認識，能有什麼原因？

難道是他對她一見鍾情了？這個猜測也太自戀了吧……雲朵有些囧，而且這樣曖昧的設想讓她頗為不自在，臉又紅了。

祁睿峰見她發呆，於是得意了，「其實……」

「咳，」一個聲音打斷了他。唐一白瞇了瞇眼睛，「你好像忘記了，你的黑歷史已經快要被我記滿一個筆記本了。」

祁睿峰咬牙看著他，「你、這、個、禽、獸。」

這時，巴士旁有人朝這邊喊：「你們幾個，不要逗留了，快上車！」

那個人似乎挺有權威，幾個運動員立刻轉身離開了。

雲朵在隔離帶外面叫了一聲：「唐一白。」

唐一白停下腳步，回頭看她，「嗯，還有什麼事？」

「為什麼要送我泳鏡？」

「反正不是因為一見鍾情。」

「……」他剛才竟然看出來了？雲朵不好意思了，但依然執著地追問：「到底為什麼？」

「大概是因為我們比較有緣吧！」他答得模稜兩可，說完便轉身離開，邊走邊抬起手臂隨意晃了兩下，算是告別。

雲朵對這樣的答案不甚滿意。

不過，後來的事實表明，他們何止是「比較」有緣，簡直是十分的、特別的、極其的，有緣。

孫老師臨時起興，和偶遇的老同學一起去吃飯了，雲朵只好自己回了飯店。她今天的採訪毫無收穫，唯一的亮點就是祁睿峰的綽號問題，不過想想祁睿峰當時鬱悶的表情，雲朵真擔心如果自己爆料出去，會影響到祁睿峰的比賽狀態，那就罪過罪過了。

撇開公事，她打開電腦，在搜尋引擎的介面輸入了「唐一白」三個字。

她對他真的十分好奇。

搜出來的結果有很多，不過大都是無關緊要的，看來與他同名的人不少。雲朵又在「唐一白」前面加了兩個字「游泳」。

這次結果少了，不過也更精確了。

排在最前面的都是一些網媒剛剛發表的新聞，報導全國游泳錦標賽的最新賽況。往後翻幾頁，越過這個話題，搜索結果就有點亂了，雲朵瞪大眼睛找啊找，翻了十幾頁，終於看到一條新聞。

這條新聞是三年前的，內容是中國在亞運會獲得四乘一百公尺混合式接力賽的金牌，獲獎運動員是：趙越、宋樂、唐一白、祁睿峰。

新聞有配圖，唐一白和隊友站在一起，一手握著鮮花一手抓著獎牌，正對著鏡頭微笑，笑容飛揚，也有種淡淡的青澀感。

原來他在三年前就得過金牌啊，而且是亞運會的金牌，分量比昨天的比賽還要高。

不過也難怪雲朵不知道他，三年的時間，對於十分年輕化的職業運動圈是一段足以更新換代的時間。

雲朵又回頭看了一遍那四人的名單，突然愣住。這是混合式接力，也就是說，運動員要按照仰式、蛙式、蝶式、自由式的固定順序來進行接力比賽。唐一白在名單和領獎臺站位上都排在第三位，很顯然，他游的是蝶式。

但是今天他奪冠的項目明明是自由式！

雲朵簡直不敢相信自己的眼睛，她一開始以為是主辦方把名單順序弄錯了，但她很快否定了這個猜測。因為這四人組裡還有一個人——祁睿峰。這位天才那時候已經大放光彩，所以最後一棒的自由式肯定是他，不可能是別人。

雲朵找到了那一屆亞運會的專題，然後她發現，唐一白在這屆亞運會中還獲得了一枚男子五十公尺蝶式的金牌。

沒錯，三年前，唐一白游的是蝶式。從比賽成績上來看，他那時已是一名成熟的職業運動員了。可是這位老兄在已經取得不錯成績的時候，竟然放棄一切從頭再來，改游自由式，這也太亂來了吧？一點都不職業！

他到底為什麼要這樣做？無論從哪個角度來看，他都沒有理由如此。

雲朵快要好奇死了，不斷地變換關鍵字進行搜尋，可是她找得眼睛都快瞎了，也沒有找到他轉投自由式的原因。何止沒找到原因，從那次亞運會之後，唐一白就銷聲匿跡了，各種比賽——大的小的，國內的國際的——都沒了他的身影。倒是有不少游泳迷一直在追尋著他的蹤跡，當然了，結果亦是徒勞。

這種空白一直持續到這次的游泳錦標賽。

這個空白的長度有三年多。

在這三年內，他為什麼不再參加比賽？為什麼一點消息也沒有？三年的時間，對一般人來說或許不算長久，但對於運動員的職業生涯來說，很可能是致命的。

那麼，到底是什麼原因奪走了他這三年？

傷病嗎？雲朵首先想到了這個可能。但是，就算是受傷，也該有消息放出來，因為唐一白的亞運會成績很好，是潛力股，肯定有媒體盯著。同理，不管是其他什麼原因，都應該有消息。

但是結果，偏偏就是沒有。

被阻擋在真相的大門之外，雲朵糾結得要死，真的好想揪著唐一白的衣領問一問。而且她相信，今天的比賽結果出來之後，一定有很多人也想這麼做。

可惡，被吊起了這麼大的胃口，讓她今晚怎麼睡覺嘛！

※　※　※

當晚雲朵沒睡好，第二天還是孫老師把她叫起來的。兩人吃過早飯，直奔游泳館。不出雲朵所料，今天媒體圈的同行們對唐一白的討論明顯增多了，顯然大家都有備而來。當然，唐一白熱度還是和祁睿峰沒得比。

今天最有看點的比賽莫過於男子四乘一百公尺自由式接力賽了。原因有二：第一，有祁睿峰；第二，有唐一白。

兩人來自不同的省隊，都是各自隊伍裡的最後一棒壓軸選手。

預賽和準決賽中，祁睿峰他們這隊一直處於領先地位，複製了昨天祁睿峰在一百公尺自由式中的表現。唐一白游得四平八穩，暫時看不出昨天的霸氣。然而此刻，已經沒有人敢小覷他。

決賽開始時，就連雲朵這種不喜歡游泳的人也集中注意力，看起了比賽。

第一棒。

第二棒。

第三棒。

前兩棒中祁睿峰他們這隊以微弱的優勢領先，到第三棒時，這種優勢漸漸拉開了，足有四分之一個身位。唐一白出發時面臨的就是這樣一個局面。他的對手是天才祁睿峰，而且領先他四分之一身位，這簡直是一個難以超越的優勢。

雲朵忍不住捏了捏拳頭。眼睛一眨不眨地盯著泳池，也不知道自己在期待什麼。

唐一白入水的動作迅猛而流暢，有如離弦的箭矢，入水後手臂長划，雙腿擺動，飛快划行，像一隻漂亮結實的海豚，在蔚藍的水面下劈波斬浪。

此時，泳池內的格局也已大致形成，祁睿峰和唐一白處於第一梯隊，第三名落後他們一個多身位，基本上沒有追趕的可能。而唐一白和祁睿峰之間的距離也始終咬在四分之一個身位，唐一白兩次試圖追趕都沒有成功。他加速時，祁睿峰也在加速。

雲朵有些難過。並不是唐一白不夠快，而是他們之前落後太多，儘管現在唐一白和祁睿峰的速度不相上下，但輸的依然會是唐一白。

終於，在快要到五十公尺時，唐一白把差距縮小了一點點，儘管只是一點，但至少肉眼能看出來。然而很快，在接下來的轉身過後，這點努力又被抹掉了。

全力以赴，無濟於事。

結局似乎已經提前宣布了，雲朵不忍心再看下去。她不忍心看著一個人在毫無希望的情況下百般掙扎，卻於事無補。

她突然有些討厭這樣的比賽。

就在這時，唐一白突然又加速了。而與他相鄰泳道的祁睿峰幾乎在相同時刻也加速。雲朵不知道這是游泳運動員之間的默契，還是祁睿峰在水中感覺到了唐一白的加速。總之，兩人同時加速，像兩顆瘋狂的魚雷一般，朝著共同的目標飛速前進。

這似乎是在複製前半段的比賽。

然而，不一樣！因為，兩人之間的距離在漸漸縮短，他們確實都加速了，但是唐一白更快！

幾乎在眨眼之間，唐一白和祁睿峰之間的差距已經被縮短到一顆頭，但此時距離終點也只有二十幾公尺了，沒有人知道他到底來不來得及追平這個差距。

觀眾席上的加油聲更加瘋狂，簡直到了震耳欲聾的程度。雲朵這次沒有耳鳴，她完全不顧這些嘈雜，把全部的目光投到泳池之內。她屏住呼吸，全身緊繃，拳頭握得死死的，兩眼直勾勾地盯著那兩條身影。觀眾席上喧天的吵鬧漸漸遠去，她聽到了自己激烈的心跳聲。

比賽還在繼續，差距依然在縮短，可是他們距離終點也越來越近。十五公尺，十公尺，五公尺，四公尺，三公尺，兩公尺，一公尺……

觸壁！

兩人幾乎同時觸壁，雲朵憑自己的眼睛根本分不清楚誰先誰後。她愣了一下，第一時間抬頭去看電子螢幕。全場幾乎所有人都做著和她一樣的動作。

B市代表隊，最後一棒唐一白，個人成績47秒88，四棒總成績3分19秒20。

C省代表隊，最後一棒祁睿峰，個人成績48秒23，四棒總成績3分19秒22。

兩個成績相差二十毫秒，也就是五十分之一秒。五十分之一秒，也只是一瞬間，甚至比一瞬間還要短。然而，就是這短短的一瞬，決定了冠軍的歸屬。

唐一白，冠軍！

雲朵的一顆心臟吊了半天，現在終於渾身一鬆，扶著身邊的護欄大口喘氣。

真是的，太緊張太刺激了！

觀眾席上拚命為祁睿峰吶喊加油的粉絲們沉默了，與此相反，媒體專區則沉浸在一片喜氣洋洋之中。這些人高興，並不是因為支持唐一白，而是因為「唐一白最後一棒，驚天逆轉壓倒祁睿峰」顯然要比「祁睿峰穩定發揮，順利奪冠」更加有看點。

此時的雲朵還不能理解最後一棒比賽所包含的技術內涵。她望向泳池那邊，看到唐一白和祁睿峰都已經被隊友拉上岸了。他們兩個都累得不輕，胸口劇烈地起伏，連說話的空檔都沒有。

記者們都摩拳擦掌地準備採訪這兩位，孫老師已經帶領雲朵再次做好搶採訪位置的準備。然後，大家就眼睜睜地看到，泳池那一邊的祁睿峰和唐一白，這兩個剛剛在泳池中廝殺得你死我活的競爭對手此刻像一對好基友一樣，互相扶著走向了運動員通道。

該死！不要走啊（爾康手）……

記者這個職業是屬小強的，他們的熱情永遠打不死。目送兩大話題人物離開之後，這群人又暗自準備等等在領獎儀式結束時搶採訪。孫老師安排了一項任務給雲朵：等他老人家親自去搶唐一白，雲朵去搶祁睿峰就好，務必要全力以赴，一定能搶到！

雲朵汗津津地聽著孫老師安排，總感覺這架勢像是要去搶親。

好在唐一白、祁睿峰不可能缺席領獎儀式，所以他們這次跑不了。上臺領獎時，運動員們都已經穿好了衣服。本次運動服是國內某知名服裝品牌贊助的，衣服設計得有點難看。幸好唐一白長得一表人才，這麼難看的衣服都能撐起來，穿出了一種別具一格的瀟灑。

至於祁睿峰，反正他不管穿什麼衣服都是一副「老子天下第一」的踐臉，再說大家經常看到他脫光光的樣子，所以可以無視衣服。

領獎儀式結束後，雲朵這次反應很快，搶到了祁睿峰的面前。

祁睿峰也認出了她，他嚴肅地點點頭，「不愧是我的粉絲，妳快擠進我的懷裡了。」

雲朵：「……」真的好想轉身就走啊！

這時，周圍的記者已經七嘴八舌地問起來了，祁睿峰沒有回答，只是看著雲朵，「我允許妳第一個提問。」那神情要多臭屁就有多臭屁，讓人有一種想暴打他的衝動。

面對他那欠扁的不可一世，雲朵突然很想欺負人，於是她笑嘻嘻地說：「請問，連兩次輸給同一個人是什麼感受？」

周圍的記者震驚地看著雲朵。這女孩，太有膽識了！

祁睿峰的臉瞬間拉下來，「下一個問題！」見雲朵剛要再開口，他趕緊說道：「妳閉嘴，我不會回答妳的問題了。」語氣中帶著毫不掩飾的憤怒，以及淡淡的憂傷。

雲朵吐了吐舌頭，擠開人群走出來。反正她也不想採訪這個腦迴路神奇的天才，她要去看看唐一白那邊的情況。

唐一白也被不少人圍著，不出雲朵所料，許多人都在追問唐一白這幾年在做什麼。

「訓練。」這是他的回答。

「為什麼選擇自由式？」

他泰然自若，「因為自由。」

「呃……」這算是什麼答案啊！記者汗津津的，又追問：「那為什麼三年都沒有參加比賽？」

「沒有把握。」

這時，有一個男人突然高聲責問道：「唐一白先生，請解釋一下三年前你因為服用興奮劑而遭受禁賽處罰的事件。」

此言一出，眾皆譁然。

當那個男人拋出這個問題時，現場的喧鬧突然被硬生生掐斷。一旁圍著祁睿峰的記者們也感受到這邊安靜得有些詭異，紛紛疑惑地扭頭。

雲朵也像其他人一樣，被「興奮劑」三個字嚇到了。這個詞彙對一個運動員來說意味著什麼，不言而喻。它是欺騙、陰暗、恥辱的代名詞，是運動員避之唯恐不及的東西。

然而，它卻也是媒體們最熱衷的詞彙之一。記者們喜歡挖掘一切可以瞬間吸睛的東西，無論它是美好的還是邪惡的，真實的還是虛偽的。因此當這個問題被拋出時，短暫的平靜之後，幾乎所有媒體人臉上都多多少少綻放出激動的光芒，他們虎視眈眈地盯著唐一白，彷彿久餓的豺狼盯著鮮美的羊羔肉。

那一瞬間，唐一白彙集了現場所有人的目光。這些人的目光像是有重量般，把空氣都擠壓得膠著了，這無形的力量壓迫著人們的胸腔，使大家呼吸都緩慢下來，紛紛提著一口氣注視他。

與他們的迫不及待相比，唐一白的表情淡淡的，反倒顯得從容不迫。他的視線微微一掃，便找到了人群中的提問者。唐一白盯著他，目光一如既往地澄澈，他張口剛要說話，卻被另一個人打斷了。

一個清脆的女聲，語氣中含著十足的憤怒：「你這個人怎麼這樣，憑什麼說別人用興奮劑？」

一下子，把眾人的視線都拉向了她。大家定睛看著這說話的女孩，也不知道是哪家的記者，很年輕，長得也很漂亮。小巧的鴨蛋臉，眉毛又細又彎，此刻輕輕蹙起；眼睛是標準的杏核眼，因為生氣而瞪得溜圓。

現場的記者們面面相覷，都覺得很新鮮。記者提的問題有時候會很沒下限，但不管多麼沒下限，那都是被提問的當事人要面對的，今天是第一次見到一個記者跳出來駁斥另一個記者。這算什麼，同行之間當面拆臺？這女孩好像不太講規矩啊。

雲朵沒想什麼規矩不規矩的。她現在很生氣。一個運動員，勤奮又努力，記者上下嘴唇一碰就給人家扣上興奮劑的帽子，缺德！

孫老師拉了拉雲朵的衣袖，「算了。」他真後悔沒提前拉住她，年輕人啊，就是衝動！

那個男記者是個戴眼鏡的中年人，見一個小女孩當場反駁他，一點都不敬老尊賢，他也有些惱火，「我提的問題是請唐一白先生回答的，妳算什麼？」

「我算什麼？我只算一個普通的記者。就因為我是一個記者，才時刻牢記客觀和真實，一切都要用事實說話。這位先生，請問您說唐一白用興奮劑，憑的是什麼事實？您有證據嗎？沒有證據就是汙蔑，那樣不僅有違您的職業道德，甚至也違背了做人的底線。」

話說到這個份上，眾人也知道不上證據是不行的，於是紛紛注視著中年記者，希望他拿出有力證據，重大爆料。

那中年人果然不負眾望，冷冷一笑答道：「據我所知，三年前，體育總局對唐一白下達了長達三年的禁賽處罰，這才是唐一白三年多沒有現身任何比賽的根本原因。而處罰的原因，就是因為他當時的興奮劑尿檢呈陽性。請問唐一白先生，此事是否屬實？」

他說完，得意地看著唐一白，似乎胸有成竹。

記者們精神一振，目光彷彿探照燈一般又動作一致地指向唐一白，等待著他的回答。

雲朵也看向唐一白，他的神色還是那樣平靜，但是她看到了他清澈目光中那無法掩飾的淡淡落寞。

那個人說的是真的，唐一白真的被禁賽過，而且是因為陽性尿檢！那一瞬間，雲朵意識到這一點，然而她無論如何也不願相信唐一白會吃興奮劑，不知道是為什麼，她就是不信。

眼看著一個人剛剛為了團體冠軍拚盡力氣，本來是該慶祝勝利的時刻，卻要面對媒體的各種逼問，揭他傷疤……雲朵十分難過。她愣愣地看著唐一白，後者像是察覺到了她的注視，突然回望了她一眼。

然後，他牽起嘴角，輕輕笑了一下。無聲的微笑，安然綻放於膠著而緊張的空氣當中，有如從淤泥中拔生出的蓮花一般，乾淨而從容。

雲朵知道他在安慰她，都這個時候了他還想著安慰她。她突然覺得眼眶發熱，血液呼呼地往腦子上衝。她不管不顧，幾乎是死纏爛打地又對那個中年記者說：「尿檢呈陽性就一定是服用興奮劑了嗎？國內運動員由於誤食某些食物，致使尿檢呈陽性的案例有很多，你每天用瘦肉精拌飯吃的話，尿檢也可以是陽性。」

她說到這裡時，有幾個記者忍不住笑了起來，緊張的氣氛有一些放鬆下來。

那中年記者生氣道：「誰會天天用瘦肉精拌飯吃！」

「我只是打個比方，你當記者這麼多年，不會連事實和比方都無法區分吧？」

「我……」

「總之就算唐一白的尿檢呈陽性，你也無法據此就斷定他服用了興奮劑。想說他用了興奮劑，請拿出更多的證據。你們號稱是有態度的媒體，這就是你們的態度嗎？」

雲朵咄咄逼人的氣勢，把孫老師都震住了，本來打算拉住她的手，又收了回去。那位中年記者也被她說得滿臉尷尬，最後硬著頭皮，故意無視雲朵，「請唐一白先生回答我的問題。」

「哼！」雲朵氣呼呼地偏過頭去，以此表達自己的鄙視。

看到她賭氣般地偏過頭，唐一白莞爾。他對那中年記者答道：「我要說的都被這位記者回答了，」說完看向雲朵，「謝謝妳。」

雲朵小聲答道：「不客氣。」

有細心的記者問道：「所以說，尿檢陽性是真的？」

「對，」唐一白點頭，神色中一片坦然，「尿檢陽性是真的，禁賽處罰也是真的。但我並未使用過興奮劑，從前沒有，以後也絕不會有。」

「能說一說是什麼原因導致尿檢呈陽性的嗎？」記者追問道。

他微微一笑，「不能。」

「……」該死，就不能答得委婉一些嗎！

這時，那個最先爆料的中年記者似乎還不打算放棄，他又逼問道：「那麼此事為何沒有見諸媒體？」

唐一白啞然失笑，像是看到了不可思議的事情，「你問我？」

是啊，媒體為什麼沒能報導出來，自然是媒體的問題，怎麼反而跑去問當事人？這短短的三個字，像是一巴掌搧到了中年記者的臉上，他的臉色很不好看。但是很快，他發覺這其實是唐一白玩的一個邏輯陷阱，於是壓抑著怒氣說道：「若不是你們刻意控制消息，媒體自然能夠報導。」

唐一白像是耐心已經用盡，「你去體育總局問，問我沒用。」

中年記者咬牙。他要是能問出來，還需要跑到這裡來嗎！

這時，兩個現場的工作人員過來提醒眾人，採訪時間到了，他們不能繼續逗留在這裡。記者們戀戀不捨地離開，臨走時還抱著僥倖心理多問了幾句，唐一白面帶微笑，假裝沒有聽到。

至此，記者們不得不承認，他們遇上了十分厲害的對手。

「走吧！」孫老師對雲朵說道，他其實有些火氣，不過當著這麼多人的面，他沒有責備雲朵，只是說：「妳太衝動了。」

雲朵吐了吐舌頭。她現在也知道自己當時也許是有點衝動，不過確實沒忍住啊！

兩人正要離開，唐一白卻叫了她的名字：「雲朵。」

「咦？」雲朵有些驚訝地轉頭看他，他竟然還記得她的名字。

唐一白走到她面前，點點頭，目光溫和，「謝謝妳。」

「太客氣了！哈！」雲朵不好意思地撓了撓後腦勺，她又沒做什麼。

唐一白把手中的鮮花遞給她，「送給妳。」另外附送一枚比鮮花還好看的笑容。

鮮花是他領獎時收到的花束，很大一捧，裡面的花有好幾種，開得十分水靈，抱在懷裡還能聞到淡淡的香氣。女孩子突然收到鮮花，沒有一個會不高興。雲朵抱著這一大捧花，臉蛋紅撲撲的，「謝謝！」

唐一白又笑起來，瑩亮的眸中流溢著攝人心魂的神采。雲朵看得有些呆。

這時，旁邊有個聲音突兀地響起，「沒想到妳也算條女漢子，很好，我已經原諒妳了。」

雲朵額角三條黑線，囧囧地看著祁睿峰，「有人像你這樣誇人的嗎……」

祁睿峰表情酷酷的，抬手把手中的鮮花塞給她，「這給妳。」

可不可以不收啊……雲朵看著懷中多出來的另一束鮮花，心想。

然而這並不是結束。很快，唐一白的隊友以及祁睿峰的隊友，他們人手一捧鮮花，此刻都來送給雲朵。這些年輕人心思單純，青澀而不諳世事，他們在唐一白被媒體圍攻時無法幫上忙，此刻便以這樣的方式表達對雲朵仗義執言的謝意。雲朵不能拒絕這樣的美好，於是她整個人就這樣淹沒在鮮花之中。

此事之後，孫老師就送給雲朵兩個綽號：運動員之友、媒體公敵。

孫老師幫雲朵分擔了一部分鮮花的壓力。

兩人抱著滿懷的鮮花，離開了眾人的視線。孫老師也不打算繼續採訪了，他一邊走一邊對雲朵說：「雲朵，剛才那些話不該由妳來說，我們是記者，不是運動員代言人。妳身為記者，只需要紀錄當事人的回答並提問。」

雲朵還在嘴硬，「可是那個問題太噁心了。」

孫老師擰擰眉，「那又不是妳提出來的，妳不用有心理壓力。」

「但那樣對被採訪者不公平，還沒回答呢，先被扣個帽子，萬一當事人不善言辭，無法解釋清楚，那就被無辜地坐實罪名了？」以前也不是沒發生過這種事，還有人心理素質不好，當場被問哭的呢。

「雲朵！」孫老師的語氣變得有些嚴厲，「妳怎麼還不明白？妳不是審判官，公平問題不需要妳關心。我們是記者，看問題時不能帶著立場，妳明目張膽站在唐一白那一邊，這不符合一個記者的職業操守。」

雲朵不以為然。什麼是立場，客觀公正才叫立場。像剛才那些人，清一色地無視那個問題裡的漏洞，等待著唐一白吃虧，那不叫無立場，那叫看熱鬧不嫌事大。

她還想反駁，但是一看到孫老師嚴肅的表情，剛到嘴邊的話立刻咽了回去，只是低頭說道：「好的，我知道了，對不起。」

孫老師欣慰地點點頭。在他眼中，雲朵這女孩是個可造之材，聰明又悟性好，專業素質也不錯，就是偶爾會腦子脫線，工作態度也飄飄忽忽的，有時候很努力，有時候又好像挺抵觸自己的工作。真是一個謎一樣的女子啊……

雲朵還在硬著頭皮說好話，「謝謝孫老師的提醒，我下次不會這樣了。」

「好了好了，這也不是什麼大事，再說，剛才那樣一鬧也不是沒收穫，祁睿峰和唐一白對妳的印象都不錯嘛，和運動員搞好關係，說不定下次能搞個獨家採訪呢！哈哈哈。」

孫老師這樣說，安慰雲朵的成分比較大。想要獨家採訪，單純和運動員搞好關係是沒有用的，更重要的是要和運動員的教練搞好關係……

兩人正走向場館的出口，孫老師像是突然想起了什麼重要的問題，「我說——」

這時，他們聽到另一頭有談話聲傳來。

A：「那女孩膽子有夠大，不過一看就是新人啊，什麼話都敢說，《中國體壇報》的嗎？據說叫雲朵？」

B：「那就算膽子大了？她還幹了更離譜的呢。一開始採訪祁睿峰，祁睿峰好像是見過她，讓她第一個提問，結果這位上來就問祁睿峰：『連兩次輸給同一個人是什麼感受？』真要命！」

A：「真的？這是什麼腦迴路啊！還有祁睿峰怎麼見過她一面就讓她第一個提問呢？真

是奇怪啊……」

B：「她長得漂亮啊，漂亮女孩誰不愛啊！不過這女孩這麼口無遮攔，有恃無恐的樣子八成是有背景的吧？什麼背景啊……」

雲朵沒能繼續偷聽關於她背景的神展開，因為孫老師突然爆發了：「雲朵！妳竟然那樣和祁睿峰說話！我跟妳拚了！」

「啊啊啊！孫老師對不起！我不是故意的，我那也是想另闢蹊徑啊……」雲朵一邊說一邊跑，繞過牆角，無視兩個嚇壞的男女，一陣風似地跑出了游泳館。她懷抱著鮮花還能身手敏捷，因為速度太快，乍看像是一個低空飛行的大花籃。

孫老師在後面緊追不放，一開始還中氣十足地喊打喊殺，不過隨著兩人的距離漸漸拉大，孫老師也就改口了，「站住！雲朵妳給我站住！」

雲朵終於站住了，她抱著鮮花喘氣，回頭看孫老師，求饒道：「孫老師你不要打我啊！」

孫老師氣得直翻白眼，「我有那麼殘暴嗎！」

他終於追上雲朵了，由於剛才劇烈運動，現在累得直吐舌頭，活像一隻伙食良好的哈士奇。

雲朵不等孫老師責備，連聲道歉認錯。孫老師是一個吃軟不吃硬的人，她在試用期這段時間早就發現了。

「妳、妳給我說清楚，」孫老師瞪她，「唐一白為什麼知道妳的名字？」

「咦？孫老師您這畫風轉換得有點快啊……」

「說！」

雲朵只好答道：「那個……昨天有點小誤會，使我的名字深刻地印在了他的腦海裡。」

打死也不說是因為什麼。

孫老師搖搖頭，「妳真自戀。」

雲朵會這麼說也就是開個玩笑，活躍一下氣氛，她估計過幾天唐一白他們就會忘了她，畢竟只是萍水相逢，也沒什麼交集。

想了想，孫老師又問：「那個，妳能要到他的簽名嗎？」

「啊？」雲朵想了一下，唐一白是個很溫和友好的人，要個簽名應該沒問題吧？想到這裡她點點頭，「唐一白人很好的。」

孫老師的目光亮了一些，「那祁睿峰的呢？也能要到？據說他簽名看心情。」

想到那個神奇天才，雲朵信心滿滿地微笑，「祁睿峰的簽名就更好要啦，孫老師你自己也可以的，見到他就說『你好棒，好帥！我好喜歡你』絕對能要到！」

孫老師吃力地空出一隻手摸自己的臉，面帶憂傷，「我這樣的賣相對他說那種話，會被當成老變態趕出來吧！」

「呃……」

兩人邊走邊聊，誰也沒注意到他們前面一個細長的身影，在聽到他們的談話時，身形頓了一頓。

吸引到雲朵注意力的，是「啪」的一聲輕響。

她定睛一看，發現是前方兩三步遠處某位先生的錢包掉在地上了。那位先生正在掏手機打電話，並未察覺。雲朵立刻高聲喊道：「先生，你錢包掉了。」

他的背影修長，都秋天了還穿著短袖，看起來很抗寒的樣子。雲朵話音剛落，他便轉過身。此時雲朵也看到了他的正面，微微怔了一下。這個男人長得很帥嘛！

他長得很清瘦，臉部線條分明，眉眼細長，薄薄的嘴唇抿成一條直線，唇色很淡，這樣寡淡的神情，配上蒼白的臉色，有種說不清道不明的冷豔感覺。他整個人也因此籠罩上一種「生人勿進」的氣場。

雲朵再次示意地上的錢包，「先生？」

他終於彎腰撿起它，「謝謝。」

他收好錢包，目光輕輕一掠，掃了一眼雲朵和孫老師，隨即問道：「你們是記者？」

「是啊是啊，」孫老師答道，「這裡面有比賽。」

「我知道，我今天看了比賽，」他猶豫了一下，看著雲朵，「聽說妳能要到祁睿峰和唐一白的簽名？」

「咦？」雲朵愣了一下，旋即明白，剛才兩人的談話應該是被此人聽到了。

孫老師湊上來，「你只要告訴祁睿峰，他很棒，很帥！你很喜歡他，祁睿峰就會給你簽名了。」

他搖搖頭，「so gay.」

然後，孫老師和這位帥氣男子一起看著雲朵。孫老師還得寸進尺，「雲朵，能不能讓我和祁睿峰合個照？」

雲朵是個急人之所急的熱心女青年，在兩人殷切的目光下，她重重一點頭，「好吧！跟我走。」

三人先把花放在了那個男人的車上，然後雲朵帶著他們兩個去了昨天她遇到祁睿峰和唐一白的地方蹲點……

路上他們做了自我介紹。帥氣男子名叫林梓，據說職業是投資顧問。孫老師聽到他的名字之後，就陷入了糾結，「你的名字很耳熟啊，我一定聽過！」

「因為你一定聽過『林子大了什麼鳥都有』這句話。」一身清冷氣質的男子突然幽默了一把。

「咳，呵呵……」雲朵和孫老師都笑得好勉強。

這個游泳館的出口有四個，運動員走的那個出口外有好幾條隔離帶，為了防止運動員被騷擾，還有工作人員看守。雲朵昨天也是走運，工作人員擅離職守，導致她沒被人發現。今天他們被驅趕了兩次，才終於等到了祁睿峰一行人。工作人員還想來趕雲朵他們時，祁睿峰卻走了過去。

林梓的身高超過一百八十公分，不過站在祁睿峰面前身材堪稱嬌小。至於雲朵這樣的，充其量算是渺小吧……

所以雲朵要把脖子仰出一個比較大的角度，才能看到祁睿峰的臉。

剛才孫老師和林梓已經達成共識，由雲朵來說那句話。雲朵終於知道什麼叫搬起石頭砸自己的腳了。於是此刻，在兩人的逼視下，雲朵硬著頭皮對祁睿峰說道：「祁睿峰，你好棒，好帥！我們好喜歡你！」

「我知道！」

雲朵張了張嘴，真不知道該怎麼接話了。祁睿峰卻是熟練地朝她伸手，「簽在哪裡？」

孫老師遞上一個筆記本，林梓遞上一個帶白色外盒的平板電腦。祁睿峰一邊簽名一邊說道：「妳把我們送妳的花都扔了？」

「沒……」

不等雲朵解釋，他又道：「扔就扔吧，反正我自己也會扔的。」說著，把筆記本和平板電腦還給兩位。

雲朵還是覺得有必要解釋一下，「沒有扔，我們放在車上了，等等帶回飯店。」

孫老師得到了簽名，又要求拍照，祁睿峰有些不耐煩，但還是配合了。

拍完照，孫老師又向唐一白要簽名，要合照。唐一白比祁睿峰有耐心一些，至少並未表現出任何不耐。

林梓沒要求合照，他把平板電腦收好後，就立在一旁安靜等候。雲朵悄聲問他：「你不和祁睿峰合照嗎？」

他搖了搖頭。

「那……你不要唐一白的簽名嗎？他人很好的，你要他就給。」

林梓又搖了搖頭。

雲朵覺得有些奇怪，「怎麼又不要了？」

這時，唐一白叫了她一聲：「雲朵。」

「嗯？」雲朵扭頭看唐一白。

唐一白乾淨如初雪的目光落在她臉上，他問道：「我呢？」

「？？？」雲朵偏著頭看他，不解這兩個字是什麼意思。

他微微挑了一下眉，「難道我不棒，不帥，妳不喜歡我？」

「呃……」雲朵看著他黑白分明的眼睛，那樣真誠的目光，不像是開玩笑的。她有點頭大，「不是啊……」

「不是什麼？」他定定地看著她，追問。

看樣子，他非得到一個答案……雲朵只好硬著頭皮說：「唐一白，你、好棒，好帥，我……好喜歡……」越說聲音越小，到最後只剩下蚊子哼哼了。

真是奇怪，為什麼這種話對祁睿峰說就毫無壓力，對唐一白說就感覺各種怪異啊……雲朵忸忸怩怩地低下頭，不敢看他。

然後她又聽到了他的笑聲，一如既往地悅耳，彷彿琴弦上流淌下來的樂章。雲朵輕輕地撩起眼睛偷看他，發現他正眉目舒展，嘴角彎彎，唇間露出整齊潔白的牙齒。笑容雖依然足以驚豔時光，此刻卻完全是促狹之色。

孫老師很不合時宜地湊到雲朵耳邊，悄聲說道：「雲朵，妳好像被調戲了。」

雲朵：「……」這種話放在心裡就好了，為什麼要說出來啊！

雲朵鬧了個大紅臉，不理會唐一白他們了，假裝擺弄相機。

祁睿峰有些莫名其妙，不過身為一個偶像，他是不打算給粉絲留太多時間的，因此拍完合照就帶著一幫小弟們離開了。

雲朵抓住時機和他們拉開距離，喀嚓喀嚓地拍了幾張照片。無論拍出來的照片能不能用，她至少能以此來安慰自己，在這裡蹲點並不是毫無意義的。

目送走了那幫泳壇天團，孫老師好奇地問林梓，「你剛才怎麼沒跟唐一白要簽名呢？現在要還容易一些，等他名氣大了你想要都來不及。」

林梓的神情依然那麼寡淡，眉目微微垂著，看起來很無精打采的樣子。說起來，從認識他到現在這幾十分鐘，他好像一直是這樣，像是神遊異次元，等待靈魂歸位一般。聽到孫老師這番話，他搖搖頭，答道：「我幫我妹妹要的，她有祁睿峰一個就夠了。」

雲朵有些奇怪，「那你妹妹沒有一起來看比賽嗎？」

他嘆了口氣，「她來不了。」

雲朵見他神情寥落，像是有什麼心事，便也不再追問。

林梓開車把雲朵他們送回飯店，雙方就此別過。雲朵果然把鮮花都運回了自己房間，本來就不算寬敞的房間這下要被擺滿了。做完這些，她開始就著花香趴在電腦前寫稿子。《中國體壇報》一週雙刊，遇到重大賽事，比如奧運或者世界盃時可以加刊。當然，「全國游泳錦標賽」顯然達不到加刊的層級。

最遲明天，她和孫老師就要把這兩天比賽的稿件傳回採編中心。雲朵翻看自己這兩天拍的照片，想找出幾張稍微拿得出手的。

翻來找去，最後，她的目光定格在今天下午抓拍的那一組上。

說起來，她第一個採訪的人就是唐一白，但是相機裡關於唐一白的照片也只有這幾張，真不知道她這個豬腦子之前幹什麼去了。

這組照片的角度還不錯，其中有一個瞬間抓拍得很好。照片上祁睿峰的側臉線條硬朗，他昂首挺胸，自信依舊，與他並肩而行的唐一白則微微低著頭，嘴角還掛著淺笑。秋日的陽光透過法國梧桐金黃色的葉子打在他們身上，桀驁凌厲的那一個迎著陽光更顯意氣風發，低頭淺笑的那一個在柔光下更顯溫和謙遜。一張照片，兩種性格，躍然眼前。

雲朵忍不住摸著下巴感嘆，多麼完美的抓拍啊！

照片中的主要人物就是這兩個，至於其他的，只要不太違和就行。雲朵大致掃了一眼，然後她就看到，祁睿峰的身體遠離鏡頭的那一側，很突兀地探出了一個腦袋和半個身體。因為焦點不在那個人身上，所以他長相有些模糊，不過雲朵還是一眼認出了他：就是昨天和祁睿峰勾肩搭背的那個正太臉。

正太臉一隻手掛在祁睿峰的肩膀上，藉以保持平衡，他朝後探出身體望向鏡頭，笑嘻嘻地招手搶鏡。雲朵看到他腮幫子鼓起一塊，唇邊掛著一道又細又直的白色物體。她一開始以為他流鼻涕了，可是能把鼻涕流得如此筆直，也太神奇了吧……她托著下巴，把圖片放大仔細觀察，再結合他鼓起一邊的腮幫子，瞬間明瞭：這小子在吃棒棒糖呢！

這誰家的熊孩子，真的好想把他ＰＳ掉啊……

正太臉的名字，昨天雲朵已經搞清楚了，他叫明天，主游的項目是蛙式。事實上雲朵之前做的功課裡有這個名字，只不過她要記住的人比較多，所以名字和臉經常對不上。明天今年不到十六歲，還是個未成年，但是他已經參加過幾次國家級比賽，還在今年夏天舉辦的游泳世錦賽裡拿到了一個銅牌，小小年紀取得這樣的成績，已經堪稱了得。

因為這個棒棒糖男孩的攪局，整張圖片的格調都有了微妙的變化。本著新聞人的職業操守，雲朵控制住了自己的邪念，沒有把熊孩子ＰＳ掉。

然後她把圖片傳給了孫老師。這種事情就由經驗豐富的老師去煩惱吧！

※　※　※

唐一白的晚飯是和隊友們一起吃的，他情緒放鬆，談吐自然，絲毫沒有受下午那件事的影響。這種狀態感染了隊友，大家甚至沒有安慰他——因為看起來並沒有那個必要。

吃完飯也不能隨便玩耍，大家就回各自的房間。

這次游泳錦標賽的參賽隊員有五百多人，分兩個飯店入住。大致上來說，運動員們是以省為單位登記入住的，不過省隊之上還有國家隊。所以像唐一白、祁睿峰他們這樣的國家隊隊員，雖然也代表不同的省分出戰，但依然是由國家隊組織帶領。因此分配房間時，祁睿峰和唐一白被分到了同一個房間。

一回到飯店，祁睿峰就倒在床上，從枕頭底下翻出手機來玩。唐一白沒有翻枕頭，因為他的枕頭底下是沒有手機的……他有些羨慕地看了一眼祁睿峰的手機，在後者發現之前很快移開目光，若無其事地打開電視來看。

這時，有人敲門，不等房內的人反應，房外人已經推門走進來。

這世上能如此無視運動員隱私的，也只有教練了。

來人正是唐一白的指導教練，名叫伍勇。伍勇身形剽悍，長著一雙威風凜凜的虎目，留著落腮鬍，如此有犯罪氣質的外形，在和平年代很容易吸引到警察的目光。

「伍總，」唐一白叫他，「您找我？」

伍勇點點頭，聲音洪亮，「一白，你過來。」

他把唐一白叫到門口，先是表揚了一番唐一白今天在泳池中的表現，接著話鋒一轉，說道：「你今天接受採訪時講話的態度不太好，很容易得罪記者，以後注意一些。」

「嗯。」唐一白點了一下頭，並未申辯什麼。

伍勇見他如此，倒不好再罵他，只是嘆了口氣，說：「我知道你心裡有委屈，但是男子漢呢，就該拿得起放得下。記者們說話刻薄得很，一個不如意，說不定就會在背地裡弄你。

你現在還沒有成績，沒成績就沒聲量，人家祁睿峰敢囂張是因為手裡握著奧運金牌，你沒有，你最多有個亞運會金牌，還他媽是蝶式的，沒屁用。」說著說著，伍勇原形畢露，爆起了粗口。

唐一白笑，「道理我都懂的，伍大媽……」

「你！」伍勇作勢要打他，唐一白輕輕一縮脖子，伍勇卻笑著放下手，「臭小子！」

「伍總。」唐一白有些猶豫地看著他。

「什麼事？」

唐一白鼓起勇氣，眼睛亮亮的，似乎在試圖製造賣萌的效果：「我能不能玩一會兒手機？睡前就給你。」

「想得美！」伍勇送他兩枚大大的白眼，「你死了這條心吧！比賽結束後手機才能還給你。」

「可是——」

「沒有可是，都說了不要和祁睿峰學，他已經搶救無效了，你還可以搶救一下。」

唐一白只好悻悻然地回到房間。祁睿峰聽到他的腳步聲，目光依舊停留在手機上，頭也不抬地對他說，「剛才水上芭蕾隊的隊花託我問你一句，為什麼今天的比賽沒有戴她送你的泳鏡。」

「你實話實說就好。」唐一白答得漫不經心，說完又坐在床上看電視。

「喔，好的，」祁睿峰應道，一邊打字一邊念叨：「送……給……蛋……妹……了……」

「……」唐一白眉頭挑了一下，他迅速轉身，長臂一伸，就把祁睿峰的手機搶到手中。

不愧是運動員，反應和動作都很快，他把手機搶過來時，祁睿峰那句話剛打完，還沒發送。

唐一白迅速刪掉那句莫名其妙的話，改為：昨天決賽比完就隨手送給一個陌生人了。

然後發送，手機還給祁睿峰。

祁睿峰看看唐一白發的那句話，哈哈一笑，「這沒什麼區別嘛，我的還比你的簡練。不過我果然猜對了，你就是想拒絕她對不對？」

唐一白呵呵一笑，「地球人都能猜對。」

祁睿峰又有點鄙視唐一白，「那你當初為什麼答應她？多此一舉。」

「當著那麼多人的面，要給女孩留面子。」唐一白解釋了一句。

他忍不住回想起當時的情形。他過生日的當天中午，和幾個隊友一起在食堂吃飯，隊花女孩就那樣走過來，當面送他禮物——一副泳鏡。她說希望他在不久後的錦標賽中戴上那副泳鏡，並送上了自己的祝福。

如果直接拒絕，女孩就太難堪了，但唐一白也不想給她留下什麼不該有的希望。因此他在履行承諾之後，迅速把泳鏡轉送他人，這意思就再明顯不過了。

隊花女孩收到那句話後，隔了有幾分鐘，終於回祁睿峰：我知道了，謝謝峰哥。

祁睿峰感嘆道：「我發現你這個小白臉，對於怎樣拒絕女生很有一套嘛。」

唐一白正襟危坐地看電視，像個衣冠禽獸一樣淡定耍帥，「無他，唯手熟爾。」

「什麼意思？」

「……」他決定不理祁睿峰了，只是專注地按著遙控切換電視頻道。電視螢幕飛快地變化，五花八門的聲音斷斷續續。

祁睿峰又說道：「不過嘛，你和蛋妹現在也不算陌生人了吧……她還挺仗義的。」

飛快地按著遙控的手指突然頓住，唐一白沉默了幾秒鐘，突然扭頭，蹙眉看了祁睿峰一眼，「她叫雲朵。」

※　※　※

晚上九點時，孫老師把他精心寫的本版頭條給雲朵看了一下。當然了，所謂頭條，也只是他的主觀意願，最終要拿哪一個放頭版，還是要看社裡的決定。

雲朵本來以為孫老師會把頭條定為祁睿峰，畢竟他是祁睿峰的死忠粉，但是拿過稿子一看，竟然是唐一白。在這篇稿子裡，孫老師用一篇高考作文的字數詳細闡述了唐一白在泳池中的搶眼表現，深刻挖掘了唐一白光明與黑暗並存的歷史，專業性地分析了唐一白所具有的優勢和劣勢，並樂觀地預言：他將成為中國泳壇又一顆光芒萬丈的明星。

雲朵有些不敢相信，「孫老師，您這麼快就移情別戀了？」

孫老師一本正經，「我選唐一白當頭條，當然是因為唐一白更適合做頭條。我們用私人的感情去追星，但是做新聞時，一定要有新聞的視野。」

其實道理也很簡單。祁睿峰雖然比較大牌，但這種國內一年一次的比賽，對一個奧運冠軍來說，舞臺太小，在這樣的比賽中無論取得怎麼樣的成績，都不會讓人意外。所以這次記者們的採訪紛紛往祁睿峰的八卦去，奈何這次祁睿峰學聰明了，氣焰倒是一如既往地囂張，可惜嘴巴很嚴，沒有透露任何值得腦補的重要資訊。

相比起祁睿峰，唐一白簡直渾身都是話題，雖然知名度不如祁睿峰高，不過這麼多勁爆的話題加起來也足以引發不小的關注了，更何況他的成績也確實有料，接力賽時最後一棒爆發游出來的成績在整個亞洲都不常見，很值得大書特書一番。

雲朵很快想明白這些，隨即佩服地看著孫老師，「受教了！」

寫完稿子，兩人一起離開飯店，在附近找了個小館子吃宵夜。

Z市是一座北方的內陸城市，飲食文化的主體是花樣百出的麵食。雲朵是吃慣魚米的江南女孩，此刻在薄薄的菜單上翻來覆去地找了兩遍，最終點了一份鮮蝦餛飩，孫老師則點了一份牛肉拉麵。

等餐的間隙，孫老師偷偷對雲朵說道：「雲朵，有一件事我必須提醒妳一下。」

「什麼事？孫老師您有話直說。」

「妳今天嗆聲的那個記者，他們副主編和我們採編中心劉主任挺熟的。我看那個記者不是善類，我猜不用等我們回去，劉主任就知道這件事了。妳……妳做好心理準備吧！」

「喔。」雲朵點點頭。媒體人之間的關係盤根錯節的，得罪了一個人，就等於得罪了一票人。而且，她今天做的事顯然是犯行業忌諱的，可以想見，她回去之後少不了被臭罵一頓。

真是頭疼啊……

雲朵揉了揉太陽穴，「我知道了，謝謝孫老師。」

熱氣騰騰的牛肉拉麵端上來了，孫老師拿起筷子，「好了好了，不用想那麼多了，先吃飯，餓死了。」

過了片刻，雲朵的餛飩也上來了，她舀起一個餛飩，吹著熱氣嚐了一口，鮮滑香脆，很好吃嘛！雲朵也是真的餓了，很快就忘記那些身外事，專心致志地吃起餛飩。

吃著吃著，孫老師也不知道想起什麼，突然撕聲吼道：「我知道了！」

雲朵嚇得一哆嗦，差點被餛飩噎死。她咳嗽了半天，問孫老師：「您知道什麼了啊？」

「我知道他是誰了！」

雲朵更納悶了，「誰？哪個他？」

「林梓啊！就今天我們遇見的那個，林梓！」

雲朵剛想說話，哪知道孫老師身後突然傳來一個清冷的聲音，「你叫我？」

孫老師像是被人點了穴一般愣在當場，久久不能言。他遲鈍地轉動脖子，看向身後。說話的人已經面向他們，不是林梓會是誰。

孫老師的下巴幾乎要掉下來。

雲朵忍不住掩口驚嘆：「這位少俠您是屬召喚獸的吧？」

「不是，」林梓搖了搖頭，起身坐到了雲朵他們這桌，「我聽說這家飯館的羊肉泡饃很好吃，想來嘗嘗。」

他說得那樣雲淡風輕，不過孫老師和雲朵還有點回不過神，尤其是孫老師，簡直受到了驚嚇。雲朵看到一個服務生端著大碗走過來，林梓朝那服務生抬了一下手指，服務生便過來將碗放在他面前。

然後開吃。

雲朵忘記吃自己的餛飩，只神情恍惚地看著這位。秋天的夜晚比較冷，他已經換上長袖襯衫，領口和袖口的釦子都規規矩矩地扣好。他有著完美的一字肩，身材修長瘦削，臉部線條深刻分明，五官精緻，氣質優雅，神態慵懶，此刻隨意一坐，便像是剛從頂級時尚舞臺上走下來的超模，特別特別有風範。

但是這位超模此刻卻捧著一大碗羊肉泡饃吃得正開心。

雲朵有種不忍直視的感覺。她看一眼孫老師，發現孫老師正滿面紅光，搓著手，小心翼翼地問道：「你就是那個股神林梓吧？」

林梓不緊不慢地咽下口中食物，答道：「我不是股神。」

「喔……」孫老師有點失望。

「不過有人這樣稱呼我。」林梓說完，埋頭繼續吃吃吃。

孫老師的眼睛又亮了。

雲朵特別好奇，又不好意思當著人家的面八卦人家，於是偷偷用手機搜索。網路上還真有這位林梓的資訊，不過大部分消息都是語焉不詳，且消息管道很有問題。從這些小道消息中，雲朵拼湊出幾條基本上可信的：第一，這個人炒的東西挺多，股票、期貨、外匯……總之除了不炒菜，他似乎什麼都炒；第二，他似乎有不敗的戰績；第三，此人以前在美國混，偶爾流竄於歐洲和亞洲各地，在三年前突然回國，一直在國內發展至今。

看完了，又是一個遙不可及的天才。雲朵一介凡人，興致缺缺。她收起手機，繼續吃餛飩。孫老師有些亢奮，一邊用筷子挑麵條，一邊偷偷看林梓，眼神那是相當熱烈。林梓的心理素質像鋼鐵一樣強硬，在這樣的眼神下淡定地吃完一碗羊肉泡饃，他有點意猶未盡，於是又要了一碗。

雲朵覺得林梓說「噹噹」真是太含蓄了，他應該是「噹噹噹噹噹噹噹噹噹噹」。

※ ※ ※

隔天的比賽沒有祁睿峰和唐一白，倒是有明天那個未成年，他要游男子一百公尺蛙式。雲朵看到泳池裡的他，兩條腿一蹬一蹬的，還真像隻青蛙。這隻青蛙從預賽到準決賽都是一路領先，到決賽時也以較大的優勢摘得金牌，整場比賽游得特別順利，一點也不扣人心弦，像老太太逛街一般。

他出水後，雲朵搶到他面前採訪他。還沒等她問出自己的問題，明天倒是先開口了：「姊姊，我帥不帥？棒不棒？妳喜不喜歡我啊？」

雲朵悄悄翻了個白眼。

與此同時，在主辦方專門辟出的特殊觀眾席上，唐一白和祁睿峰正並肩坐在隊友中間，觀看場下的情況。明天能夠奪金，對他們來說也是沒什麼懸念的，祁睿峰甚至無聊地打了個呵欠。

「我說，」祁睿峰打完了呵欠，對唐一白說：「接下來的四乘一百公尺混合式，你有什麼想法？」

這場比賽，他們兩個都會代表各自的省隊出戰，同樣都是最後一棒自由式。這形勢倒很像昨天的四乘一百公尺自由式。唐一白聽到祁睿峰這麼問，淡淡地搖搖頭，漫不經意地答：「沒想法。」

祁睿峰循循善誘，「你覺得誰會是冠軍？」

唐一白眉毛都不皺一下，「你們。」

「咕！」祁睿峰頓感無趣，「你就不能說點大話讓我反駁一下嗎？」

「不能，我一向實事求是。」唐一白坐姿端正，十指交叉放在膝上，神態悠閒，一副老幹部開會的做風。他說：「你們有趙越、明天，再加上你，如果連個國內比賽都拿不下，不如集體切腹算了。」

這話從唐一白嘴裡說出來，讓祁睿峰聽到暗爽，不過表面上還假惺惺地說：「你們還有鄭淩曄呢！」

鄭淩曄和唐一白來自同一個省隊，也是國家隊的，他算是唐一白之後中國男子蝶式最強者。此刻唐一白聽到祁睿峰提這個名字，便轉頭朝身旁的人說：「淩曄，你覺得呢？」

坐在他另一邊的小夥子正是鄭淩曄。鄭淩曄進國家隊晚，又不善言辭，雖然成績不錯，但待在祁睿峰、唐一白身邊時，存在感一向薄弱。此刻聽到唐一白問，他擰著兩條眉毛沉思起來，雖然看起來很睿智、很有見地的樣子，但唐一白和祁睿峰都不打算對他的高論抱有什麼幻想。

果然，沉思過後，鄭凌曄只說了一句廢話：「白哥說得對。」

好吧，他能一口氣說五個字，已經十分給唐一白面子了。

幾人閒聊著，又看向泳池那邊的明天，他還在跟記者說話。明天這人有個愛好：喜歡被採訪……這小子特別喜歡在記者面前暢所欲言，此刻連工作人員都上來勸散他們了，明天還依依不捨地跟記者閒聊。

「這個笨蛋！」祁睿峰扶額。

唐一白看著電子螢幕，「他的成績……」

「還在進步，而且以後還能進步。」祁睿峰接道。

「嗯。」唐一白點點頭，又看向明天，目光中透著欣慰。明天終於肯離開了，不過可以想見等等下領獎臺時，他又要怎樣荼毒媒體了。

祁睿峰突然感嘆道：「年輕真好啊！」

這種話從一個二十二歲的年輕人口中說出來，更像是個玩笑。但唐一白知道祁睿峰並沒有開玩笑。對大多數職業運動員來說，二十二歲算是一個巔峰年齡。巔峰意味著極限，意味著進步空間被無限地壓縮。十六歲的明天，像是喝飽水的花苗一樣，每一天都以肉眼可見的速度成長。而二十二歲的祁睿峰想要取得任何一點進步，都需要拚上打破極限的力度。

所以他才用充滿豔羨的口吻說出這樣的話，與其說他羨慕明天，不如說他其實在懷念自己的十六歲。

唐一白的目光依然那麼平靜，但是他的語氣中也難掩羨慕，「是啊，年輕真好。」年輕意味著可以犯錯，跌倒了，爬起來就是。而他，唐一白，再也沒有機會犯錯了，他再也不能跌倒了。

祁睿峰側臉看著唐一白。他突然意識到，雖然唐一白比他還要小一歲，但是唐一白比他更有資格發出這樣的感嘆。他們曾經約好要一起站在奧運的領獎臺上，他做到了，而唐一白卻……

祁睿峰突然有些難過，「唐一白。」

「嗯？」

「你一定要成為世界上游得最快的人。」祁睿峰的語氣十分鄭重。

一般來說，「游得最快的人」這種稱號，僅屬於男子一百公尺自由式比賽。男子比女子游得快，自由式快過其他所有泳姿，而一百公尺是最華麗、最驚豔的比賽。因此，「世界上游得最快的人」，只能是男子一百公尺自由式的世界冠軍。

整個亞洲，從未出現過有能力獲此殊榮之人。

唐一白的目光溫和而堅定。他笑了笑，唇角勾起一個十分好看的弧度，「毫無疑問，我會的。」

※　※　※

接下來幾天的比賽，雲朵漸漸進入狀況，沒出什麼差錯。她寫了幾篇不錯的稿子，被報社採用，更多的稿子則放在了《中國體壇報》的網站上。

除此之外，她之前抓拍的那張包含祁睿峰、唐一白、明天的照片也被報社採用了，成為了賽事總結系列圖片的最後一張。

這次比賽中，祁睿峰霸氣依舊，他報名參加了四個單人項目和兩個團體項目，共獲得了四枚金牌和兩枚銀牌，繼續書寫中國泳壇之王的傳奇。

巧的是，兩枚銀牌都是在唐一白手上失金的。

而唐一白本人報名參加了兩個單人項目和兩個團體項目，分別是男子五十公尺自由式、男子一百公尺自由式、男子四乘一百公尺自由式接力、男子四乘一百公尺混合式接力，其中前三個項目都收穫金牌，第四個項目敗給祁睿峰，獲得銀牌。

單從獎牌的數量來看，唐一白不敵祁睿峰，不過從兩人的交手來看，倒真說不清孰優孰劣。

其實在雲朵看來，這種對比站不住腳，因為兩人所擅長的領域不一樣。唐一白的爆發力強，擅長短距離比賽，祁睿峰的耐力好，適合長距離，兩人沒有可比性。

不過有些媒體對此倒是津津樂道。究其原因，可能是太空虛寂寞了，需要隨時隨地找點話題來聊聊……

另外有一小撮媒體——主要以雲朵的那個「仇人」為代表——則懷著莫大的惡意來揣測上述的對比行為。他們認為唐一白和祁睿峰根本不能比，不過理由不是術業有專攻，而是因為這兩人不是同一個層級的。祁睿峰是奧運冠軍，而唐一白呢？他連世錦賽都沒參加過。

這樣說也是有道理的，但生氣的是，他們借此延伸發揮，說些有的沒的，雖然沒有明確表明什麼，但字裡行間把讀者帶入一個特定認知：唐一白在踩著祁睿峰上位。

唐一白本人剛好也看了這報導，他哭笑不得，「躺著也中槍。」

祁睿峰安慰他，「能和哥相提並論的人不多，你知足吧！」

雖然這句話略欠扁，但也是實話。

除此之外，更多的是一些客觀分析。不少人認為唐一白出發快，在水中的爆發力很強，游團體賽時狀態更好……等等。至於缺點嘛，轉身時的速度不夠快，這是最明顯的缺點。

雲朵再次採訪唐一白時，有模有樣地拋出了一個專業問題，「你覺得是什麼原因導致你在水中的轉身速度比較平庸？」

唐一白抿了一下嘴，用一種類似不好意思的口吻，說著讓一般人豔羨的話，「我的腿有點長。」

「呃……」看來她還是不夠專業，竟然猜不到這個結局。

所以接下來「怎麼針對性地改進」這種問題也不用問了，總不能把腿砍掉一截吧……

根據雲朵之前做的功課，她知道游泳運動員在選拔時通常優先選拔上身長、臂展長的。不過，上身長不代表腿短，因為絕對身高擺在那裡。打個比方，一個一百九十公分高的游泳運動員，總比一百七十公分高的一般人腿長得多。所以這幾天雲朵看到的運動員們，腿都挺長的，她也就沒多在意這個問題。

原來腿長也是錯啊！

難怪她總覺得唐一白和別人不一樣，是因為他腿長所以顯得格格不入嗎？

雲朵有點同情唐一白。她感覺唐一白入錯行了，這張臉、身材，混什麼泳壇啊，去稱霸演藝圈多好！

※　※　※

最後一天比賽的內容不多，比完要舉行閉幕式。這一天，運動員們的時間也寬鬆不少。雲朵看到唐一白被人圍著求合照，有媒體人也有賽會的工作人員，還有志工。她想起自己還從來沒有和唐一白合照過，於是打起精神走過去。

唐一白身高有一百八十九公分，長身玉立，挺拔如松。他比求合照的所有人都高，所以他的視線很容易就越過眾人，看到了雲朵。

雲朵迎著他的目光，突然有點結巴了，「我、那個，我也想跟你合個照……」

唐一白牽起嘴角笑了笑，笑容和煦，像拂過春草的微風，讓人無端地心情就好了起來。他點點頭：「好。」說完分開人群，主動走過來。

真是太給面子了。雲朵有些激動，而孫老師比她更激動，握著相機指揮他們的姿勢和站位，還一邊開玩笑道：「要照全身的，照半身的就看不到雲朵啦！」

雲朵額角直冒黑線，憤憤不平道：「我哪有那麼矮！」

就在孫老師即將按下快門時，雲朵的身旁多出一個人。她側臉看他，只看到上手臂。仰頭，再仰頭，再仰……終於看到臉了，原來是祁睿峰。

祁睿峰表情酷酷的，「不用謝。」

真的好想一腳把這傢伙踢開啊！雲朵目光幽幽地看著他，不過，如果真的那樣做，她自己被彈開的可能性更大一些吧？

祁睿峰剛站好，明天小朋友如一陣風似的閃到他身邊，他拿下口中的棒棒糖，「峰哥我來了，」然後他又招手呼喚：「淩曄哥，來拍照！」

鄭淩曄默默地走過來，默默地站在唐一白的身旁。

於是，原計劃兩個人的合照，現在擴充到了五個人。雲朵囧囧有神地看著鏡頭，「孫老師，快拍。」她真擔心遲則生變，搞不好會和整個國家游泳隊來個大合照。

拍完照，雲朵從背包裡取出一個嶄新的白色T恤。這個T恤是她從主辦方那裡買的宣傳品，上面印了此次比賽的名字和地點，藍色的字體被設計成浪花的形狀，倒是滿漂亮的。雲朵把T恤完全攤開，看向幾位運動員，「能幫我簽個名嗎？」

她本來打算找唐一白簽的，現在嘛，多簽幾個無所謂。

白色的純棉T恤上很快多了好多鬼畫符。

雲朵收好T恤，至此，她也該和這些人告別了。比賽只有短短八天，她和他們接觸的時間並不長，不過他們給她留下了很深刻的印象，讓本來只是想應付差事的她有種不虛此行的感覺。雲朵由衷地說道：「加油！希望你們以後游出更好的成績。」

祁睿峰：「那還用說！」

唐一白：「好。」

明天：「姊姊留個聯繫方式吧？以後常聊啊！」

鄭淩曄：(⊙_⊙)

和運動員互加聯繫方式，對記者來說是一種優待，所以雲朵沒有理由不答應。她掏出手機，放低姿態，「那我來掃一下你們的QR碼可以嗎？」不好意思直接要手機號碼，如果被拒絕那多尷尬啊。

四人動作一致地掏出手機。

雲朵握著手機一個接一個掃，先是祁睿峰，後是唐一白。掃到唐一白時，她聽到他輕輕「嗯」了一聲，尾音上揚，代表著疑惑，音量很小，她不知道是不是自己出現了幻聽。

她便抬頭看他，發現他也垂眼看她，嘴角輕輕抿著，要笑不笑的樣子。

雲朵不明所以，只好埋頭繼續下一個，鄭淩曄。然後，鄭淩曄也用一種古怪的眼神打量著她。

她忍不住摸了摸臉蛋，難道臉上沾到了髒東西？

最後一個是明天，當明天看到好友申請時，終於為雲朵解開了疑惑：「姊姊妳微信的名字是『一朵白雲』？妳自己的名字加一白哥的名字嗎？嘻嘻，你中有我，我中有你，如膠似漆，水乳唔——」他還想繼續說，奈何嘴巴被捂住了。

唐一白的手臂越過祁睿峰，直接用手蓋住明天的嘴巴。他目不斜視，淡淡說道：「成語學得不錯。」

祁睿峰若有所思地看著雲朵，突然說道：「原來妳也暗戀唐一白嗎？」雖然說出的是疑問句，神情卻一片恍然。

「不是啊！」雲朵好尷尬。這個名字她用了好久，可認識唐一白也是這幾天的事情，更何況有誰會把自己暗戀的人明明白白地寫在社交帳號裡，那還算暗戀嗎？

但這個問題要怎麼解釋呢……雲朵有點頭疼。

祁睿峰很明顯是不信雲朵的否認。不只如此，雲朵從他此刻的表情中讀出了「我這麼酷帥狂霸跩，竟然不暗戀我而是去暗戀唐一白？妳果然有眼無珠」……這類豐富的資訊。

不僅祁睿峰，鄭淩曄和明天看起來也完全不信，他們目光炯炯地看著雲朵，滿臉的八卦。

雲朵硬著頭皮向祁睿峰說道：「真的好巧，這個名字用很久了。你也知道，我是你的忠實粉絲，怎麼會暗戀唐一白呢，對吧？」

祁睿峰點點頭，「也對。」

雲朵說到最後一個字時，目光已經轉向唐一白。此刻唐一白已經鬆開捂著明天的手，他順手在明天的衣服上蹭了蹭手心，方才收回手，酷酷地往口袋裡一探，笑意盈盈地看著雲朵。

雲朵突然有些煩躁，她現在一點也不想看到唐一白的笑容。她也無法再解釋了，否則越描越黑。

告別了這四人小分隊，雲朵拇指滑著手機螢幕，思考要不要改掉微信名字。猶豫再三，她決定不改了，改了就是此地無銀三百兩，不如順其自然。

然後她拉開好友名單看剛才添加的那幾個名字。

祁睿峰的微信名是「祁睿瘋」。

唐一白的微信名是「浪裡一白條」。

明天的微信名是「特貓喲」。

鄭凌曄的微信名是「鄭凌耶！」。

雲朵扯了扯嘴角，跟這幫人的一比，她的名字才是最正常的吧？

閉幕式結束後，雲朵在這裡的工作也算結束了。當晚便搭飛機飛回了B市，第二天沒有採訪任務，她要進公司上班。

結果她的椅子還沒坐熱，就受到了劉主任的傳喚。雲朵知道，她被這位主任傳喚，絕對不是好事。

果然，明明時間都過去了好幾天，劉主任卻還惦記著她犯忌諱那件事。他無視掉雲朵這幾天的成績，直接把她罵了個灰頭土臉。從工作態度說到個人前途，從職業操守說到報社形象，又嚴重警告她要知道感恩，有些東西她不想要，有的是人排隊爭搶……

雲朵一聲不吭，頂著劉主任的口水暗暗驚奇。雖然劉主任的臭脾氣在整個報社出了名，可他又不是閒得沒事做，每天那麼多事情，沒道理把這種小事記著好幾天，一直想著清算她。再說，除了這件被她搞砸的事，她這幾天的工作表現應該不差，至少能抵消一點劉主任的怒氣吧，為什麼結果不是這個樣子的呢……雲朵陷入了深深的困惑。

好不容易從劉主任的辦公室出來，她悄悄做了個抹汗的動作，去找孫老師彙報情況。孫老師聽完她的轉述，他左顧右盼兩眼，突然神祕兮兮地朝雲朵勾了勾手指。

雲朵會意過來，湊近了一些，孫老師便用只有他們倆能聽到的音量說道：「這件事，有八成的可能，是有人打妳的小報告了。」

「啊？」雲朵不太相信，「為什麼啊？」

孫老師有些恨鐵不成鋼，「還用問嗎，妳得罪人了啊！」

「我得罪人？我得罪誰了啊我……」雲朵感到莫名其妙，她摸著後腦勺，「我一個新人，像螻蟻一樣的存在，我能得罪誰呢，我敢得罪誰？」

「別問我，我要是知道，早就告訴妳了。妳自己回想一下，說不定就是平常一個動作、一句話，甚至一個眼神，就得罪人了。」

雲朵現在比剛才更加一頭霧水，她和孫老師道了謝，默默地坐回自己的位置，深刻反思去了。

反思了一天，她也沒得到答案，下班後她去找陳思琪，兩人難得都有空，便一起吃飯，順便吐槽。陳思琪是雲朵的大學同學，畢業後懷著滿腔的熱血闖進了演藝圈，為人民群眾的八卦偉業添磚加瓦。

沒錯，她現在是一名娛樂記者。

不少人覺得當娛樂記者是不務正業，但是在雲朵眼中，陳思琪是一個有理想的人。她們那一屆畢業後面臨找工作的同學——除了那些家在本地的，餘下幾乎所有人，都在求職時把「B市戶口」「正式編制」這類條件列為首要篩選指標。尤其是「B市戶口」，那簡直成了畢業生們的心病。

除了陳思琪。

陳思琪是T省人。她上大一時的目標就是當娛樂記者，大四畢業時，目標依舊。為此，她投履歷時從來不考慮什麼戶口啊、編制啊，專門瞄準八卦能力強大的新聞媒體投，現在目標達成，每天混得十分開心。

如果一個人有明確的目標，並且為此矢志不渝、樂在其中，哪怕這個目標是挖大便，那也是理想，崇高的理想。

反觀雲朵，她一直很想從事和紀錄片相關的工作，可是在一腳尚未踏入社會時，已經被周圍的人心惶惶所感染，再加上媽媽每天一通電話的施壓，使她到最後還是一頭栽進了「求戶口」的洪流當中，不能自拔。

結果也算是求仁得仁。她現在在報社有正式編制，拿到了B市戶口，這樣的待遇在同層次的求職者大軍中絕對算勝出。

至於她的工作熱情，呵呵，不提也罷。

陳思琪見到雲朵很高興，拉著她不停地八卦演藝圈。百分之九十的女孩子都喜歡八卦，雲朵自然也不能免俗，聽著陳思琪滔滔不絕，雲朵白天晦暗的心情也因此明朗了不少。在陳思琪的描述中，演藝圈裡都是一群妖魔鬼怪，一個比一個重口味。新出道的小明星被包養這種根本不夠看，男明星嗑藥群X這類勉強可以當作話題。雲朵聽著聽著，忍不住感嘆：「媽啊！跟你們演藝圈一比，我們體壇帥哥都是純潔的小天使啊！」

陳思琪摸出手機，展現她這幾天的成果給雲朵看。照片有明著拍的、也有偷拍的，她一邊為雲朵評論，誰誰誰化妝太濃像老妖婆，誰誰誰本人比照片好看，誰誰誰腰長腿短呵呵呵……

雲朵也拿出自己的勞動成果和她分享。她的照片不算多，大部分是正經八百的新聞圖，一點都不抓人眼球，調出來給陳思琪看的時候，竟然有種自慚形穢的感覺……

陳思琪突然驚叫：「靠！」

她這剽悍的一聲吶喊吸引了周圍的無數人，但是她自己毫不在意，指著手機問，「這個是祁睿峰我知道，但是這個是誰？好帥啊啊啊啊！」

雲朵差點被她嚇一跳。不過嘛，對於陳思琪這樣的反應，雲朵很滿意，「這是唐一白。」

「也是運動員？」

「廢話。」這照片就是雲朵最滿意的那張抓拍，照片上唐一白穿著運動服。雲朵又調出自己之前和唐一白他們的合照，「側臉就把妳驚豔到，那妳看到正面會不會被他帥哭啊？」

陳思琪捧著手機，「嗷嗷嗷，帥得我闔不攏腿！」

雲朵滿頭黑線，「節操呢！」

陳思琪自己翻看著雲朵和那四位運動員的合照，自言自語道：「不只唐一白帥，其他人也很帥嘛，不過還是我們家唐一白最好看！」

「妳、們、家？」

她又有些憤憤，「他媽的，我說怎麼最近演藝圈的男人一個比一個還妖氣沖天呢，原來帥哥都去體壇了嗎！」

雲朵有些得意，感覺陳思琪誇唐一白他們，比誇她還讓她高興。

陳思琪的目光又回到唐一白身上，「難怪我看他有點眼熟，這根本就是我失散多年的老公嘛！」

「……喂！」

第二章

逆水而行，踏浪而歌

雲朵沒想到會那麼快又見到唐一白。

進入十一月，秋風陡然涼了。雲朵感冒了一次，流鼻血兩次，自己胡亂拯救了一下，終於有所好轉。這一天，她又接到了採訪任務，這次不用出差，就在本市的體育大學校園內，那裡要舉行一個「全國體育工作者經驗交流會」。

這種會議的新聞價值比較有限，也就是在報紙上博個存在感，占的版面不會超過半塊豆腐。因此，社裡只派了雲朵一個人來採訪。

相對於會議內容，雲朵對「體育大學」本身更感興趣。這所學校堪稱全國體校中的高帥富，即便是身處高等學校如雲的B市，它的存在感也不小，因為體大是B市四大帥哥高產校之一。另外三所分別是電影學院、戲劇學院和傳媒大學。

其實，在所有B市的學校中，清華大學才是男生人數最多的高等學校，只不過該校男生大多比較注重內涵，外在什麼的都是浮雲，所以就悲劇了……

雲朵是傳媒大學畢業的，電影學院和戲劇學院她也去遊覽過。這三所高等學校的帥哥帥得各有千秋，同時也有個共同點：文弱有餘，強悍不足；精緻有餘，陽剛不足。

而體育大學，完全就是另一個世界了……

這裡不少男生身材高大，體態矯健，好吧，雖然某些人過於矯健了，但不管怎麼說，他們都是一身的陽光陽剛氣質，就彷彿夏天裡暴曬在正午陽光下的金色麥穗，健康、飽滿、明朗、熱烈。

雲朵路過體育場時，看到籃球架下打球的男生打著赤膊，汗水布滿健碩流暢的肌肉，在陽光下反射著晶瑩的光芒。

她聽到了空氣中雄性荷爾蒙爆炸的聲音。這才是真男人！

真是一個可以糾正人類審美觀的世界啊！雲朵暗暗感嘆。

她身處荷爾蒙爆炸後的蘑菇雲中，正發著呆，沒料到對面那些打球的人力氣太大，不小心把籃球高高地拋出去。那籃球飛快地越過鐵絲網製成的圍牆，朝著雲朵砸過來。

雲朵看是看見了，可惜她的反射神經在這樣的變故面前顯得那麼弱小，於是她就這樣傻傻地看著一個暗紅色的球體直襲她的臉。等她想躲時，已經來不及了……

難道要被一個籃球毀容了嗎？她嚇得閉上眼睛，不敢直視接下來的慘狀。

等了好一會兒，也沒感受到籃球拍臉的痛苦，雲朵以為自己剛才在作夢呢，她小心地把眼睛睜開一條縫。

映入眼簾的是一隻手。

這隻手很大，手指長長的，此刻正攔在她和籃球之間，掌心和手指緊緊貼著球面。雲朵看到那手背上的肌膚白皙，皮膚下隱現淡青色的血管。她轉動眼睛，目光沿著白皙如玉的手指向上爬，然後看到他乾淨整潔的指甲，指甲上淡淡的光澤，健康柔和，像洗淨的珍珠。

這個人幫她攔下了籃球。意識到此時，雲朵完全睜開眼睛，「謝謝你，」她後退一步，偏一下頭，方才看清助人為樂的那位朋友。一見之下，她大吃一驚，「唐一白？」

「是我，才隔幾天就不認識了？」唐一白笑了笑，他掂了一下手中籃球，改為五指托著它，然後輕輕一動，籃球便在他的食指上飛速轉動起來，特別聽話。也不知他是怎麼做到的。

這時，鐵絲圍牆那一頭的一個男生說道：「大哥，幫個忙！」他說著，又歉意地看一眼雲朵，「剛才對不起，美女。」

「沒事。」雲朵搖搖頭。

唐一白重新把籃球托在手上，他退了一步，然後起跳，手一揚，籃球脫手，向著球籃飛奔而去。雲朵知道他的意圖，她卻不太相信他離這麼遠都能投中。要知道，現在這個距離比三分線還要遠，而且還隔著一道圍牆障礙物，能砸到籃板就不錯了吧？

她的視線追隨著那籃球，然後就看到它在空中劃了一個完美的拋物線之後，輕鬆入網。

雲朵嚇得下巴差點掉下來，「我沒記錯的話，你是游泳運動員，對吧？」

「是啊，我是游泳運動員裡最會打籃球的。」他大言不慚。

雲朵沒見過別的游泳運動員打籃球，因此面對這種自賣自誇的話她也沒有懷疑的依據。她有些凌亂，又把唐一白上下打量一番。他今天終於不穿運動服了。黑色印花長袖T恤，淡藍色牛仔褲，白底帶淺藍花紋的運動鞋，肩上挎一個黑色的單肩包。一身打扮很低調平凡。

只不過他的身材太好，臉又太出眾，所以無論穿什麼，效果都棒棒的。

雲朵不解的是，唐一白今天鼻梁上架了一副眼鏡，無框，鏡片乾淨透亮，架在他臉上平添了幾分斯文氣質。

雲朵戴過唐一白的泳鏡，沒有度數，所以她現在有些困惑，「你有近視？」

唐一白抬手指了指自己的眼鏡，「平光的。」

「那為什麼要戴呢？裝斯文？」

他呵呵一笑，沒有回答，而是摘下眼鏡，直勾勾地盯著雲朵看。他的眼睛，是雲朵見過最好看的。薄薄的眼瞼，清晰深刻的雙眼皮，恰到好處的長睫毛，微微上挑的眼角，眸子澄澈乾淨，黑白分明。他不笑時，那雙眼睛像兩潭安靜的湖水；他注視你時，那湖水便出現了幽深的小漩渦，直把你的心神都捲入進去；他笑時，湖水成了春水，波光蕩漾，瀲灩無邊；而當他盯著你笑時，會覺得自己成了粉色的花瓣，飄飄悠悠地墜入春水的柔波裡，不由自主，不能自拔，只能隨著波浪一起浮沉蕩漾。

現在，唐一白笑吟吟地盯著雲朵看。他的視線讓她無處躲閃，她被他盯得小心臟怦通亂跳，最後紅著臉低下頭，「什麼意思嘛。」

「這就是解釋。」唐一白收起笑容，戴好眼鏡。

仔細想了一下，雲朵就明白了。這小子的意思是，他覺得自己長得太勾人，怕無意的目光成為亂飛的桃花，進而勾起相思無數，因此只好戴副眼鏡偽裝一下，以此避免不必要的誤會發生？

還有比這更自戀的嗎！

可是，可是吧……想想自己剛才的反應，雲朵又覺得他這麼自戀也是有幾分道理的。

她撓了撓頭，不想在這個話題上繼續停留了，於是問道：「你為什麼在這裡？」

「這話該我來問妳，妳為什麼來我們學校？」

「咦？」雲朵訝異地看他，「你是這裡的學生？」

他點著頭，「看起來不像？」

「也不是，只不過通常不會把運動員和上學聯繫到一起，所以……」

唐一白哭笑不得地看她，「妳這是赤裸裸的歧視。」

「咳咳咳。」

話雖如此，唐一白卻能理解雲朵的想法。因為運動員們確實把大部分的時間用來訓練，學習文化知識的時間和精力都嚴重不足。越是頂尖的運動員，這樣的情況越嚴重。

雲朵有些不好意思地看著唐一白，「所以你今天是來上課的？」

「對。」

「國家隊的運動員真的有時間上課嗎……」她還是覺得難以置信，這個認知和她長久以來道聽塗說的關於這個群體的特性，產生了強烈的偏差。據說國家隊的運動員每天的訓練強度可以累死一頭牛，根本空不出時間和精力學習文化知識，所以他們的文化課基本上是形同虛設。

「我每星期可以抽兩個半天來上課，」唐一白有耐心地向她解釋，「前提是沒有遇到比賽前的集訓。妳也知道，我有三年沒有參加比賽了，所以上課的時間還是很充裕的。」

聽到此，雲朵有些黯然。三年，三十六個月，一千零九十五個日夜，身為一個黃金年齡期的運動員，一個有著頂尖水準的選手，他只能看著隊友集訓、比賽，自己卻日復一日地重複著常規訓練、上課。在平淡的日子下會是一種怎樣的煎熬？

雲朵只是想一想，就感覺心酸得不得了，而身為當事人的他有多難過啊！

唐一白倒是一臉雲淡風輕，「這三年來我每門課都是優，還拿了獎學金。所以我也是游泳運動員裡成績最好的。」

雲朵被他逗笑了。她看著他，「我發現你和別的運動員一點也不一樣。」

唐一白低頭笑了笑，「妳和別的記者也不一樣。」

雲朵心想，當然不一樣啦，我是新人嘛。她擺弄手裡的相機，「你幾點上課？」

唐一白看了看腕上的手錶，「快了。不過遲一些也無所謂，我能去上課老師已經很開心了。」

雲朵有點囧，這樣的話從你本人嘴裡說出來真的好嗎……

兩人的方向是一樣的，唐一白在路上看到奶茶店時，還停下來請雲朵喝了杯熱飲。本來雲朵打算喝奶茶的，但唐一白淡淡地道出四個字的評價：「垃圾食物。」

於是雲朵就改喝了熱烏龍茶。唐一白自己則是要了一杯鮮榨的石榴汁。鮮紅的石榴汁像瑪瑙一樣豔麗迷人，面容俊美的年輕人品嚐一口，像是吸血鬼在進食鮮血一般，有種動人心魄的美豔。

唐一白喝一口果汁，很享受地瞇了瞇眼睛，弄得雲朵都想嚐一嚐了。

兩人並肩走在種著銀杏樹的小路上，有一搭沒一搭地閒聊著。雲朵發現，她和大多數人一樣，一提到唐一白那晦暗的三年，就忍不住為他感到可惜，長吁短嘆。殊不知唐一白自己很明顯已經從這樣的過往中走了出來，那些日子於他來說也不過是潮汐退卻現白沙，烏雲散盡碧空洗。他從苦澀的過去收穫到的東西，未必比失去的東西少。也正是那樣的過去，才造就了現在的他，堅韌而樂觀，成熟且強大。

雲朵和唐一白是同齡，她把自己和唐一白做比較，發覺至少在情商這方面，唐一白甩她N條街。

算了，這麼悲傷的事情就不要去想了……

雲朵一手拿著烏龍茶，一手輕輕敲著掛在胸前的相機，「那個……今天遇到你的事情我可以寫成新聞發在報紙上嗎？」

「嗯。」唐一白嘴裡咬著吸管，含糊地應了一聲。

「那我們交談的內容也可以？」

他放開吸管，「可以。」

雲朵繼續得寸進尺，「那麼……我可以幫你拍張照片嗎？無圖無真相啊。」

「當然可以。」

雲朵於是放下烏龍茶，用相機幫他拍了幾張。筆直的銀杏樹前，少年的身影秀拔挺立，嬌黃色樹葉的映襯下，他的臉龐更顯俊美不凡。只不過……

雲朵突然停下，有點不好意思地說道：「你能不能先把果汁放下……」捧著飲料喝的新聞照一點都不莊嚴好嗎！

唐一白像個乖寶寶一樣配合著她。他越是這樣配合，雲朵越是覺得自己很過分。她拍好照片，嘿嘿笑道：「謝謝你！」

「不客氣。」

兩人便拿回各自的飲料。雲朵有些不放心，「我聽說你們規定不能輕易接受採訪，那麼我現在這樣做會不會給你帶來麻煩？」

唐一白搖了搖頭，「沒關係，我跟教練說一聲就好，他脾氣很好的。」

雲朵知道他的教練，是一個叫伍勇的壯漢，一臉黑道氣質。她很難想像這樣一個男人脾氣好的樣子……

她有些納悶，「你為什麼願意冒著風險配合我呢？」

「因為妳暗戀我啊。」

噗——

雲朵不小心把嘴裡的烏龍茶都噴出來了，她也顧不上自己的失態，瞪著一雙杏眼驚恐地看他，「喂喂喂，我沒有啊！」

他咬著吸管，嘴角很努力地向下壓，像是在極力忍耐什麼。

雲朵有些急，「我真的沒有……」

唐一白終於忍不住了，唇角上揚，悶悶地笑起來，一邊笑一邊看雲朵，眼波流轉，滿臉的戲謔。

雲朵：「……」什麼都不用說了，又被調戲了！

※　※　※

雲朵把自己在體育大學的所見所聞寫成了兩篇稿子，第一篇是體育工作者經驗交流會的報導，第二篇是對唐一白的介紹。第二篇的篇幅是第一篇的……三倍。

她秉持著公正客觀的態度去寫這篇新聞，但效果卻像是個腦殘粉對偶像的溢美之詞。雲朵也有點無奈，唐一白並不是完美無缺的人，比如「調戲記者」這一點就挺讓人無奈，可這種她也不能寫啊。

她給唐一白的定位是「運動員中的學霸」。儘管去掉了「游泳」這種限定領域的詞彙，但是呢，放眼整個職業運動圈，唐一白也是當之無愧的學霸，毫無爭議。

一個運動員，不蹺課，不被當，科科優秀，同時保證自己的主業不受影響，多新鮮，多勵志啊！

寫完稿子，雲朵挺自戀地看了兩遍。她決定等發完這篇稿子之後，她要先送一份報紙給唐一白。

孫老師出去採訪，雲朵只好和同事程美一起去吃午飯。程美是中文系畢業，和雲朵一樣都是應屆畢業生，她們兩個也是採編中心今年錄取的新人中唯二的兩個女孩。報社幫所有應屆畢業生統一規定了最晚報到時間，雲朵在畢業前瘋狂玩耍了一陣之後，踩著那個最後期限來上班，而程美，則是提前兩個多月就來報到了。

總之她比雲朵拚多了。

因此，同樣作為新人，程美已經在《中國體壇報》待了有半年多，資歷比雲朵深。她的工作崗位是編輯，記者們寫的稿子，都要經編輯之手。比如雲朵寫的這兩篇，先要送到編輯部，讓編輯寫推薦理由，然後開會選稿，新聞稿被選中之後，編輯還要根據稿子的品質和版面需要，對稿子進行修改。

在紙媒註定走向沒落的今天，新聞的採編工作絲毫沒有精簡，如果一定要說有什麼改變，那就是：越來越少人願意在報社工作了……

雲朵和程美都不打算在報社食堂吃飯。女孩子嘛，口味比較挑剔。兩人走出了報社的辦公大樓，穿越兩條小巷就可以走進一條街，街邊餐廳林立。雲朵勾著程美的手臂，兩人邊走邊聊。程美告訴雲朵，她在寫推薦的時候把唐一白那篇稿子盛讚一番，估計下次出刊就能見報了。雲朵很高興，表示一定要請程美吃飯。

她倒不是在乎那點稿費，只是特別希望這篇稿子能上，不給稿費都行。

雲朵正和程美商量著要吃什麼，路過一家西餐廳時，不經意間一扭頭，透過明亮的落地玻璃窗，看到一個人。

此人臉色蒼白，眉眼修整，側臉線條很美好，此刻正坐在窗前閒閒地翻著菜單，他身邊站著一個服務生。正午的陽光灑在他身上，整個人顯得慵懶而舒適。

咦咦咦，這不是林梓嗎！

雲朵的記性很好，而且林梓給她的印象很深刻。她猶記得這位氣質冷豔的帥哥坐在街邊小飯館吃羊肉泡饃的情形，跟現在的他根本不是同一個畫風。

程美見雲朵停下來，便推了一下她，笑道：「看到帥哥走不動了？」

「不是不是。」雲朵說著，抬手敲了敲窗戶玻璃，看到林梓扭過頭看她，她咧嘴笑了。

林梓顯然也認出了她，示意她們進來。

雲朵就這樣把程美拐進了西餐廳。

兩個女孩坐在林梓對面，坐下之後做了介紹，然後雲朵問林梓：「你不會也在這附近上班吧？」

他搖搖頭，「我聽說這裡的鵝肝很正宗，所以來嚐嚐。」

又是嚐嚐……這位吃羊肉泡饃時那個驚心動魄雲朵記憶猶新，她掩嘴輕咳一聲，看向程美，「要不然，我們也嚐嚐？」

程美有點猶豫，鵝肝很貴的，兩人都拿著最低的工資，這一頓飯嚐嚐是過癮了，可是剩下的半個月要每天吃饅頭配榨菜嗎？

林梓聽到此話，示意服務生又取來兩份菜單。程美看著菜單上的價格有些眼暈，雲朵也沒強多少，一邊翻一邊很沒出息地感嘆：「這個好貴啊，這個也好貴啊……鵝肝這麼貴，我吃個雞肝好了……你們有煎雞肝嗎？」

服務生嘴角抽了抽，「沒有。」

程美默默地翻著菜單，真的好想假裝不認識這傢伙。

林梓輕輕笑了一下，他的笑容很清淺，有種微風拂面不留痕跡的感覺。他說道：「我請客，放心吃。」

……真是一個有魅力的男人啊！雲朵感激地看了他一眼，又有些不好意思了，「不太好吧？」有種白吃白喝的感覺。

「沒什麼，妳幫我要到祁睿峰的簽名，我還沒感謝妳呢。」

原來祁睿峰的簽名這麼值錢嗎？早知道不當記者了，當一個簽名販子多有前途！

林梓一邊翻菜單一邊報菜名，和服務生說了很多，翻到最後，他有些驚喜，「你們這裡也有松露？」

「是的，先生。」

「原產地？」

「正宗的法國黑松露。」

「嗯，」林梓點點頭，「煎鵝肝的時候加一些。」

「好的。」

林梓闔上菜單還給服務生，接著看向雲朵和程美，「妳們點什麼？」

「呃……」程美詫異地看他，「你剛才點的不是我們三個人的？」

「哈……」雲朵沒忍住笑。

林梓倒是淡定，「我一個人可以吃完。」

程美有些不好意思，臉微微發熱。

雲朵知道林梓是有錢人，於是也不顧忌了，點了一份巧克力蘋果蛋糕、一個奶油蘑菇湯、一份香煎鵝肝、一小份香橙鴨胸肉、一份芒果鮮蝦沙拉、一杯桑葚汁。點完之後，她看著林梓，「我能也在鵝肝裡加松露嗎？」

「妳要加多少都可以。奶油蘑菇頭裡也可以加一些。」

雲朵吸了吸口水，「土豪，我們做朋友吧！」

「好。」

他答得這麼一本正經又乾脆，讓雲朵微微愣了一下，然後是標誌性的傻笑。她沒話說的時候就傻笑。

三人點完菜，林梓從身旁的座位上拿起一份報紙翻看。雲朵一眼看到了頭版上那大大的「中國體壇報」五個字。

「你喜歡看我們的報紙啊？」她很高興。

「嗯，」林梓淡淡地點一下頭，然後疑惑地看一眼雲朵，「妳的稿子不多，都在不顯眼的地方，最近幾期根本沒有。」

「咳，」雲朵被揭了短處，她想挽回一些面子，「下一期就有了喔！」

他卻不以為然，只輕描淡寫地說：「是嗎？妳很有自信。」

什麼意思？搞得好像她在吹牛一樣。雲朵和他解釋道：「我昨天在體育大學遇到唐一白了。唐一白你還記得嗎？」

「我當然記得他，」林梓收起報紙，「不過我對他不感興趣。」

雲朵還在努力跟他推銷唐一白，「你對他不感興趣，說不定你妹妹對他感興趣呢？他人長得可帥了，身材也好。話說，你妹妹需要唐一白的簽名嗎？」簽名可以換飯吃，這個認知已經深深地印入了雲朵的腦海。

他搖搖頭，「謝謝，不過我妹妹對他也不感興趣。」

雲朵有點小小的失望。

程美湊到雲朵身旁輕聲說道：「雲朵，妳現在超像一個做直銷的。」

「呵呵，呵呵呵呵……」雲朵撓著頭傻笑。

「但我對一件事情很感興趣。」林梓說著，又翻開報紙，指著一塊文字給她們看。

這是一則招聘啟事，《中國體壇報》現招聘文字編輯若干名，網站影片編輯若干名，記者若干名。

「所以呢？這和你有什麼關係？」雲朵有些莫名其妙。

程美不太瞭解林梓的情況，所以從正確的思路上看到了關鍵，「你想應徵我們報社？」

「是的。」他神態輕鬆，一邊說還一邊打了個響指，看起來心情不錯。

雲朵驚奇道：「你……開玩笑的吧？」一定是開玩笑的，他一個金融天才，和體育報紙能產生的唯一聯繫大概就只有廣告招商了。突然要進報社工作，這是被什麼妖風吹到了？安安靜靜地當一個土豪不好嗎！

程美比雲朵淡定，主要是她並不知道林梓的真實身分，如果知道了說不定會把面前的不銹鋼餐叉吃掉冷靜一下。她問林梓：「你想應徵哪個職位？」

「記者。」

雲朵還在用一種夢遊似的眼神看林梓，「為什麼要當記者？」

「股市不景氣。」這是他的答案。

這什麼鬼理由啊？股市不景氣就跑去當記者嗎？兩者根本是毫不相干好不好！你哪怕天天吃喝玩樂也比當記者強啊，反正你錢多又吃不窮！記者能賺多少錢？

雲朵都不知道怎麼吐槽他了，她深呼吸幾口氣，語重心長地說道：「相信我，記者不是那麼好當的。你一個月的基本工資，還不夠付這一頓飯錢。」

林梓覷她一眼，「妳覺得我當記者是為了賺錢？」

「呃……也對，沒有人會為了賺錢而當記者，因為根本賺不到錢……」混帳，為什麼說這句話的時候有種心酸酸的感覺……

他抱著手臂，懶懶地向椅背上靠，挑眉看著她們。姿勢簡單而隨意，卻讓人無法忽視他的存在，這大概就是氣場吧。他說道：「所以，我當記者，原因就是我想當記者了。反正我不缺錢，當然想做什麼就做什麼。」

雲朵握著餐叉重重往白瓷盤子裡一戳，怒道：「帥哥，你這樣說話很拉仇恨你知道嗎！」

林梓有一項技能，那就是可以遮蔽掉任何人向他發射的任何情緒。他此刻不動如山，無視掉兩位女孩的白眼，「所以我需要妳們的說明，幫我通過面試成為記者。」

雲朵又想翻白眼了。

「您的簡歷比我們主編的都漂亮吧？還需要我們兩個螻蟻幫忙？」

「簡歷太引人注目，會降低面試官對我的信任感。」

好賤的理由啊……

「所以，」林梓看著她，小眼神特別真誠，「請妳幫我，雲朵。」

「幫一個金融天才轉職成為打雜記者這種事情，怎麼聽怎麼喪盡天良……所以我是絕對不會幹的！」在這種時刻，雲朵決定捍衛自己的節操，不和他一起發瘋。

林梓：「我們不是朋友嗎？」

雲朵：「我們絕交吧！」

林梓：「……」

他摸了摸下巴，換成糖衣炮彈策略，「事成之後我請妳們吃大餐。」

雲朵冷笑，「呵呵，姊是那種一頓吃的就能收買的人嗎？」

他鎖住了眉，「這樣，還真是難辦。」

一旁的程美悄悄地舉起手，「打擾一下，我可是一頓吃的就能收買的人喔！」

雲朵囧囧地看她，「節操呢！」

「吃了。」

「……」

後來，林梓又加了幾次籌碼。當他把大餐數量加到「五」時，雲朵的防線全線崩潰，答應幫他。

雲朵問他當記者是不是衝著祁睿峰去的，林梓沉默了一下，搖頭道：「不是。」

※　※　※

編輯部開完例會後，雲朵被告知，她交的兩篇稿子只通過了一篇，被打回來的那一篇是關於唐一白的。

「為什麼？」雲朵很吃驚。

「因為沒有新聞價值。」對方答道。

一句草草的交代，讓雲朵更覺疑惑。唐一白怎麼就沒有新聞價值啦？難道是她寫稿子的方式不對？

她也不好意思纏著人家問東問西，問程美吧，程美也說不出所以然。雲朵只好懷著非常非常鬱悶的心情，等待著孫老師的歸來。

下午快下班時，孫老師回報社取東西，看到雲朵坐在自己的座位上，臉鼓成了包子。孫老師好奇道：「雲朵，妳又被劉主任罵了？」

「沒有。孫老師，我想請教您一個問題。」雲朵把事情簡單跟他說了一下，還把程美寫的推薦詞給他看，以此作為自己那稿子還不錯的證據。

孫老師聽完，不以為意地安慰她，「當記者的誰沒被斃過稿子，妳不要放在心上。」

雲朵卻有些執拗，「我就是想知道為什麼。」

孫老師拉了張椅子坐在她身旁，幫她分析，「雲朵，首先這個稿子沒過的根本原因，是妳高估了唐一白的地位。新聞是具有時效性的，新聞的效果也具有時效性。唐一白在剛得游泳錦標賽冠軍時確實引發了不少關注，不過事情已經過了一個月。全國性的游泳比賽一年能舉辦四次，游泳錦標賽只是其中之一，在這種級別的比賽中不管多大放異彩，結果也就是熱一下子。認為偶遇一次唐一白就能成新聞，這個想法不對。第二，妳搞錯了重點。唐一白是個運動員，在成為巨星之前，他身上最有價值的東西只能是和運動相關。比如，如果妳挖掘到了三年前他被禁賽的詳細原因，那麼妳這個新聞可以成為重點。但是，妳搞個什麼學霸、勵志，這對運動員只能算是錦上添花的東西，如果祁睿峰是學霸，這個新聞倒很有搞頭，可唐一白目前還沒闖出成績，這點花邊還不夠看。明白嗎？」

他一番話，把雲朵說得茅塞頓開。她撓了撓頭，「我知道了，就是因為唐一白名氣不夠大嘛。」

孫老師點點頭，又道：「還有一點，程美幫妳寫的推薦也有問題。她倒是幫妳寫了不少讚美之詞，可她比妳還摸不著重點，妳本來就跑偏了，她推薦詞把妳推得更偏了，這稿子能過才怪。」

雲朵低頭思索了一下，「孫老師，我知道怎麼改它了。」

「喂喂喂，」孫老師吃驚地看著她，「我跟妳說這麼多不是在教妳改稿子，這篇稿子妳不要改了，沒用的，放在硬碟裡留個紀念吧。」

雲朵堅定地搖搖頭，「我想試試。」

「妳這孩子，怎麼這麼倔強呢？」孫老師搖頭嘆道，他突然又湊近一些，神祕兮兮地看著她，一臉八卦之光，「我說，妳不會真的暗戀唐一白吧？」

雲朵現在真怕聽到「暗戀」這兩字，她用力搖頭，「哪有，孫老師你不要亂猜。」

孫老師卻恍然地看她，「我懂。」

雲朵扶額，您懂什麼啊！

當晚，雲朵鬥志昂揚，連夜把稿子改好了。她重新幫這篇新聞稿選了個定位：記者在體大校園，偶遇在剛剛結束的全國游泳錦標賽裡收穫三金一銀（重點）的唐一白，他表示自己對接下來即將開始的冬季游泳錦標賽很有信心、準備充分（重點）。問及訓練狀態，唐一白表示自己的訓練狀態很好（重點），還能抽時間來學校上課（輕描淡寫）。據悉，唐一白是這所體育名校的大三學生，入學時文化課和主科成績都是第一，三年來成績優異（輕描淡寫）。

好吧，唐一白名氣不夠大是硬傷，她只能搶救到這裡了。

※　※　※

第二天，雲朵把稿子拿給孫老師看，孫老師看完感嘆：「這女孩真有悟性。」

孫老師覺得這樣比較有教育意義，對雲朵是，對程美也是。所以他把稿子拿給編輯部某個資深編輯，資深編輯寫完推薦詞，讓程美拿去做前後對比，自己感受一下。

這一期的報紙已經定稿了，雲朵的稿子只能趕上下一期的討論會。之後也是雲朵運氣好，到下一期時，綜合版的版面比較寬鬆，稿量不多，於是她的稿子就過了。

喔呵呵呵……雲朵捧著散發油墨香氣的報紙，滿意地笑。

她在微信上敲唐一白。

雲朵：在嗎？

雲朵：關於你的報導已經見報了喔，我想送你一份報紙做紀念～

她的訊息掛在那裡，唐一白一直沒回。直到中午，唐一白才有了消息。

唐一白此刻正在吃午飯。坐在同一桌的是他們四個好基友：祁睿峰、唐一白、明天、鄭凌曄。明天看到唐一白低頭看手機，便問：「一白哥，又被美女表白啦？」

另外兩人聽到此話，都很沒節操地伸脖子瞟唐一白的手機。

「吃你們的。」唐一白低頭回了一句，手機微微傾斜一下，不許他們看。

他看了一眼雲朵的傳訊時間，便回道：抱歉，剛才在訓練。

雲朵：嗯嗯^_^

唐一白在輸入框裡鍵入一行字：『其實我這邊能買到妳們的報紙』。在將要點傳送時，他又猶豫了，想了想，他把這行字全刪了，改為『妳上班的地方在哪裡？我明天出去上課，可以去找妳。』

雲朵：不用不用，你那麼忙，我去找你好啦。

唐一白：方便嗎？

雲朵：方便，記者就是四處流竄作案的，去哪裡都方便。

唐一白：那麻煩妳了。

雲朵：你太客氣啦，快吃飯吧！

唐一白：好^_^

※　※　※

第二天，雲朵從體育大學的南門進入，唐一白從教學大樓出來，兩人在體育館會合。

體育館外的空地上有小團體在舉行活動，還有人踢毽子。雲朵和唐一白並肩坐在體育館前的臺階上。臺階有好多層，他們坐得高高的，唐一白穿著藏藍色休閒長褲，雙腿沿著臺階向下隨意伸展，右腿疊在左腿上，兩條腿看起來又長又直。雲朵學著他的樣子伸腿，然後悲劇地發現在他的對比下，她快變成柯基了……

嗚嗚嗚，姊好歹也是身高一百六十七公分的人好嗎！

「你的腿真長。」她由衷地讚嘆。

「唉。」唐一白嘆了口氣。

雲朵覺得他這個語氣著實欠扁。

她從包包裡翻出疊好的報紙，找到關於他的那條新聞，給他看，然後歉疚地笑，「可惜版面有限，你那玉樹臨風的照片沒有用到。」

「是嗎？」唐一白回答，認真看報導的內容。

雲朵便坐在一旁看他。

今天天氣真好啊，碧空萬里，豔陽高照。這麼燦爛的背景下，他更顯得英姿勃發，神采煥然。他的神情很專注，眼眸微微垂著，配上鼻梁上的平光眼鏡，看起來嚴肅又認真，像個斯文俊秀的學者。

唐一白看完，收好報紙，「寫得不錯，謝謝。」

「過獎過獎。」雲朵笑咪咪地看著他，「唐一白，能再和我拍張合照嗎？」

人，對於美麗的東西都有執念，不一定要據為己有，至少要留住眼前這片刻的美好。

唐一白自然不會拒絕。兩人便靠坐在一起，唐一白坐直身體，雙腿屈起，兩手交叉放在膝蓋上，腦袋微微偏向雲朵。雲朵一手舉著手機自拍，拍了好幾次，總覺得不好。她揉揉自己的手臂，有點無奈，「可能是我的手太短了。」

「我來吧。」唐一白說著，取過她的手機。

他右手握著手機，左手便覺多餘，沒處放，伸到身後撐著臺階又覺得姿勢有點扭曲。於是他乾脆把左臂繞過她身後，輕輕搭在她的肩頭。

手機的畫面上，雲朵被唐一白攬著，顯得特別小鳥依人。

咳……

她的臉微微發熱。

唐一白微笑地看鏡頭時，雲朵的目光總有些躲閃。

他拍好合照，把手機還給她。雲朵低頭接過，說道：「那個，你還要上課吧？那我先走了……」說完就要起身。

「等一下，雲朵，」唐一白輕輕按住她的手，根本沒怎麼用力，她就起不來了。他抿了抿嘴，說道：「我想問妳一個問題。」

「什麼？」

「妳英語四級考了多少分？」

「六百五十二分。」

唐一白張了張嘴，像是被這個數字驚豔到了，漂亮的眸子流溢著別樣的光彩，「妳很厲害。」

「咳咳，」竟然被唐一白誇獎了，雲朵很不好意思，「這有什麼，術業有專攻嘛。我游泳肯定不如你。」說這種話真是往自己臉上貼金，確切來說她根本不會游泳。

唐一白笑道：「那麼，對於一個英語基礎比較差的人想過英語四級，妳有什麼看法？」

雲朵一想就明白了，「想過四級的那個不會就是你吧？」

他點了點頭，倒也坦然。

「你為什麼想考四級呢？四級沒過又不會影響到畢業。」雲朵很不理解。

「也不是一定要過，我只是想試試。」

雲朵托著下巴，歪頭看他，「唐一白，我一直挺好奇，你為什麼願意下功夫在學習上呢？體育生上學一般都只是混個學歷吧？」

「我也很好奇，妳為什麼這樣問？」唐一白奇怪地看她一眼，「既然能做好，我為什麼不儘量做好？」

雲朵張了張嘴，這種典型的菁英意識讓她有點慚愧。想了想，她又問：「那你覺得，你學到的東西對你有用嗎？」

「有的，」他點點頭，「讀書能讓人變得睿智和冷靜，開闊眼界。學歷學歷，就是一種學習的經歷。不管有沒有那一紙證明，這個經歷都存在於你的人生中。你整個人肯定會因為它而改變。」

「那個，有沒有人對你說過這樣的話：你讀那麼多書，但是對自己的職業並沒有幫助，是一種徒勞無益的行為？」

唐一白笑了笑，他的笑容總是那麼溫和，像沉醉的春風。他說道：「當然有，不過我覺得無所謂。讀書是為了改變自己，游泳是為了挑戰自己，這兩者不衝突，所以沒必要取一捨一。」

作為一個旁觀者，雲朵覺得唐一白簡直太有覺悟了。這境界，這氣度，這沉穩又堅定的意志，這無與倫比的行動力，真的不像一個二十一歲的年輕人。她突然發現他身上最可貴的地方也許並不是泳池中霸氣十足的爆發力，而是現在這種性格特質。

她發自內心地讚美他：「我覺得你無論做什麼，肯定都會有卓越不凡的成就。」

「謝謝，可是我連四級都沒過。」唐一白說這句話時有點小小的憂傷，他總覺得大學四年裡不把四級考過，是一種缺憾。

好吧，四級確實是多數大學生都能過的。唐一白說自己英語基礎差也不是謙虛，他一個職業運動員如果連英語都能學得一級棒，那才是真的見鬼了。雲朵顯然也意識到了這一點，她說道：「四級其實很好過的，你做幾份考古題，把握好出題思路就行。現在背單字也來不及了，還有一個月考試……不對，你不是還要參加冬季錦標賽嗎？會不會影響你訓練？不然你明年再考？」

「沒事的，訓練完之後看看書對我來說算一種放鬆。嗯，那麼，」他有點不確定地看著她，「寫寫題目也算是吧？」

雲朵被他逗笑了，「你問我？我也不知道，反正寫題目對我來說不算放鬆啦。如果你不累的話，每天訓練完之後做一篇英語閱讀，做完之後自己看答案。另外抽時間完整地做一兩套考古題。聽力什麼的現在練也來不及，遇到不會的就看哪個選項順眼就寫哪個。填空的話，你直接靠語感，跟著感覺走吧！錯的地方多讀兩遍，不用太糾結為什麼。翻譯也不用練，把認識的單詞挑出來自己湊個句子。作文嘛，一樣跟著感覺走，注意稍微練一下英文字，卷面乾淨整齊就好了。」

她說了一大串，唐一白略微消化了一下，答道：「所以我基本上只練閱讀理解？」

「賓果！你時間有限，只練這個就好。少年，」雲朵拍著他的肩膀，嚴肅地說，「考不過也沒關係，不要給自己太大的壓力，要知道，四六級是一種魔性十足的考試，一切皆有可能。」

唐一白笑，露出一口燦爛的白牙，「好。」

兩人起身要離開。雲朵也不知道犯什麼蠢，下臺階時一階一階跳下去，為了證明自己沒那麼短腿，她還一下跳了兩階，結果不小心踩到臺階邊緣，失足了。

眼看著她就要臉朝下著地，唐一白反應很快，一把扯住她的手臂，用力向上一提。

然後她雙腳離地，就這樣被他拎起來了……拎起來了……

那一刻，雲朵覺得自己像是風中飄揚的一塊臘肉。

還好他很快就把她放下來。

之後雲朵陪唐一白去他們的校園書店買了一套四級考古題，唐一白又在雲朵的推薦下安裝了一個翻譯軟體。雲朵答應幫唐一白做課後輔導，她和他每天做同一篇閱讀理解，然後唐一白搞不懂的地方可以問她。

這對雲朵來說是相當輕鬆的一件事。

下午，唐一白回到國家游泳隊訓練基地，他的指導教練伍勇看到他時，對他說：「冬季錦標賽的賽前集訓要開始了，老規矩，睡前半小時自動上交手機，不要等我去找你。喔，對了，你不是喜歡被採訪嗎？之後的賽前新聞發表會你也參加吧。」伍勇說到這裡，冷冷一笑，配合他那狠勁十足的長相，看起來還挺嚇人的。

唐一白知道伍勇在挖苦他擅自配合雲朵發新聞稿的那件事。他摸了摸鼻子，「喜歡被採訪的不是明天嗎？」

「明天去的話，那新聞發表會就不用結束了。」

「好，我去。」唐一白點點頭，也不辯解了。

伍勇卻警惕起來，臭小子答應得這麼乾脆，不會是有什麼陰謀吧？

果然，唐一白小心翼翼地看著他，「不過伍總，手機的事……」

「呵呵，」伍勇再次冷笑，一臉「我就知道」的了然，「手機的事免談。你不要身在福中不知福，看看明天，不管有沒有集訓他都要每天上交手機。你也想過那種日子嗎？」

「不是，伍總，我最近要複習英語四級考試，需要用到手機上的翻譯軟體，以及，可能需要用手機聯絡遠端輔導。」

「唐一白你夠了，為了手機天天跟老子鬥智鬥勇，不過你找的理由越來越爛了！四級考試是什麼鬼，跟你有半毛錢的關係？媽的，越來越不老實，今天加練！」

「是真的，伍總您看，我試題都買好了。」唐一白說著，把證據拿出來給伍勇看。

伍勇掃一眼那套書的封面，然後默默地看著唐一白，「為了多玩一會兒手機，你也是滿拚的。」

唐一白無語了。人和人之間的信任怎麼就這麼脆弱呢！

看來只好先欺負一下祁睿峰了……

※　※　※

晚上，雲朵洗澡時看到自己手臂上有三道淡淡的瘀青，那是唐一白抓過的地方。

這傢伙的力氣好大啊！

洗完澡，雲朵看到手機上有微信留言，她打開一看，深深地震驚了。祁睿峰這麼高冷的男子竟然主動跟她說話？

祁睿峰：雲朵。

雲朵：Q.Q？什麼事？

在國家游泳隊訓練基地宿舍的某個房間裡，有人在怒吼：「這個女人！唐一白，叫她蛋妹，快！」

唐一白握著手機，無視祁睿峰的訴求，回她：我是唐一白。

雲朵：騙人，唐一白自己有手機，我今天看到了。

唐一白：不騙人，我手機被教練收走了。

雲朵：啊？摸摸頭，不哭喔~

唐一白哭笑不得，回了刪節號給她。

雲朵：唐一白，你力氣好大，我手臂都瘀青了！QAQ

唐一白：那我下次溫柔一點。

雲朵沒有回覆他。

唐一白感覺有點怪，自己也說不清楚，他抬頭，看到祁睿峰目光幽幽，欲言又止。

「怎麼了？」唐一白問道。

祁睿峰今天看到他寫英語考卷就差一點嚇尿，然後唐一白要求要用他手機時，他竟然很乖巧地答應了，不過有個條件：他要監視唐一白。

所以現在唐一白和雲朵聊天，是有第三個人圍觀的。

祁睿峰意味深長地看著唐一白，「你真猥瑣。」他說著，指指剛才唐一白發送的那句話。

『那我下次溫柔一點。』

唐一白把這句話默念了兩遍，也不知道是不是有心理暗示作祟，他也覺得自己猥瑣了……

然後，祁睿峰用更加猥瑣的語氣問唐一白，「你對蛋妹做了什麼？把人家的手臂都弄瘀青了。」

「只是扯了一下她的手臂。」

祁睿峰不屑地撇嘴，「扯一下就瘀青？你是大力水手嗎？」

唐一白有點無奈，「她像小兔子一樣弱。」

「我喜歡小兔子。」

唐一白不得不承認，雖然跟這傢伙做了多年的好朋友，但他也經常跟不上祁睿峰的思路。

他不管他了，認真跟雲朵討論自己遇到的問題。祁睿峰看到唐一白毫無壓力地實現了猥瑣下流和一本正經之間的無縫接軌，他忍不住感嘆禽獸就是禽獸。然後，祁睿峰真的不想看到任何與英文有關的話題，於是倒在自己床上看漫畫。

看了一會兒漫畫，祁睿峰抬頭問唐一白：「禽獸，你覺得蛋妹這個人怎麼樣？」

唐一白一手握著手機，一手用原子筆在考卷上寫寫畫畫。聽到祁睿峰問，他抬頭，輕輕牽起嘴角，「挺可愛的。」

※　※　※

雲朵覺得自己簡直要變成兼職輔導老師了，除了要幫唐一白考四級，她還要幫林梓準備應徵的筆試和面試。

林梓的簡歷很有意思。

為了避免自己的工作經歷使面試官產生不必要的擔憂，他乾脆就沒寫那些，只在工作經歷那一欄裡寫了「自由職業者」，沒有任何陳述。簡簡單單五個字，散發著「眼高手低、沒有工作、月光啃老、這年頭的年輕人真無恥」這類十分豐富的氣息。

然後，在自我評價那一欄，他又更加無恥地根據報社記者的行為準則自我美化一番，搞得好像他天生就是個記者料，誰不讓他當記者就是在殘忍地扼殺人才。

除此之外，學習經歷抹掉了海外留學那部分，只保留了大學以前的。在校獲得過的榮譽這一欄，他狠狠地發揮了一番：

小學作文比賽二等獎；國中校報人氣寫手；高考作文滿分。

他努力挖掘這些光輝的歷史，用以作為他能勝任這個工作的佐證。

雲朵看到之後，有些驚訝，「你高考作文滿分？厲害厲害。」

「英語作文。」

「……」

最後，在「期望收入」這一欄裡，林梓很霸氣地寫了三個字：看著給。

說實話，雲朵覺得他的簡歷能通過初步篩選，跟這三個字脫不了關係。

然後就是筆試。筆試題是採編中心的幾個主管臨時拍腦袋出的，題目沒什麼專業性，主要是考答題者的文字功底、思維能力和洞察力，比較簡單，林梓臨時抱佛腳了一下，也就通過了。

面試是劉主任親自主持。會議室的門關著，面試者像小綿羊一樣排排坐在外面，他們大多是初入職場的年輕人，還有幾個是在校大學生，一個一個的多少都有些緊張。林梓坐在這幫人中間，氣定神閒地翹著二郎腿，顯得有些另類。

很快，他被叫進了會議室。

然後，幾乎是一踏進門，他就被認出來了……

由於參與面試的一個老編輯臨時有事，所以值班的孫老師被拉來湊人頭。孫老師看到林梓，下巴差點掉下來，「股神，怎麼是你？」

林梓眉角一跳。靠，他精心準備了那麼多說辭，還重點琢磨了一下演技，現在還沒發功就穿幫了！

「股神」兩個字簡直太提神了，另外四個面試官的目光在林梓和孫老師中間來回移動，最後他們都瞪著孫老師，等待解釋。

孫老師只好向他們簡單介紹了一下林梓。

在座諸位都是在體育媒體圈混的，對金融圈抱著一種門外漢常有的敬畏，再看向林梓時就覺得此人怎麼看怎麼英俊瀟灑。林梓向眾人點了點頭，自顧自拉開椅子坐好，「我之前確實從事金融相關工作，不過沒有那麼誇張。」

劉主任狐疑地看著他，「那麼你為什麼來應聘我們社的記者？恕我直言，這個崗位的工作壓力很大，你做的話要經過一段漫長的新人期，回報很低。而且，你在自己的領域算一個成功者，所以我無法理解你為何突然轉行，從零做起。」

「那是因為你不理解『夢想』這個詞。」

劉主任面無表情地看著他。「『夢想』這種詞彙不是只會出現在小學生公民道德課或者電視選秀節目中嗎？大家都是成年人了，不要和我談這麼幼稚的話題好不好？

林梓無視劉主任抗拒的表情，「我從小就喜歡體育，你們的報紙我每期都有買。」

「所以你想說你是《體壇報》的忠實讀者？」

「不。」

喂喂喂，不要否認得那麼快，承認一下對你沒壞處好嗎！孫老師著急地對林梓使眼色。

劉主任冷笑，「我倒要看你能說出什麼好話來。」

林梓一臉的狂熱，像是來到了成功學的演講臺上，他說道：「我從小就喜歡體育，夢想著當一個運動員，後來身體不合格只好上學念書，總算現在不需要為生計奔波了，那麼我為什麼不能重拾夢想？」

「所以你現在又想當運動員？恕我直言，你以前身體不合格，現在身體只可能更加不合格。」

「我知道，所以山不轉路轉，當一名記者，能經常採訪運動員。你不覺得這很完美嗎？」

「一點也不。」

劉主任會否認得那麼果決，是因為他不相信眼前這人的鬼話。多年的生活經驗告訴他：

簡單的事情背後必有陰謀。這人有錢沒處花卻跑到這裡跟他大談理想，簡直像個瘋子一樣。神經病！

孫老師對劉主任說道：「是真的，他的偶像是祁睿峰，我們一起找祁睿峰要過簽名。」

林梓猛點頭，「對的，我想採訪祁睿峰，所以我希望等我入職以後想分到綜合體育版，主要跟泳壇。」

面試還沒過，就想著入職？誰給你的自信？

劉主任已經無力吐槽了，他揮揮手，「我們是正經公司，不是你想來就來想走就走的。抱歉，我們不能錄取你，請你離開後叫下一位進來。」

多麼直白的逐客令，林梓卻臭不要臉地賴在椅子上假裝沒聽到，「所以你擔心，我只是因為一時興起才來應聘？說實話，這麼重大的決定我當然是思慮周全的。」

「好了，到此為止吧。」

「慢著，其實你真正擔心的是我在貴社就職時間太短，浪費你們的人力資源吧？畢竟培養一個記者也是需要投資的。」

劉主任有點無奈，「好吧，你說對了，我必須考慮這樣的後果。」

「呵呵呵呵，」林梓突然笑起來，笑容裡有三分不屑，七分得意，笑過之後，他說：「那麼請問，你們每次通過社會招聘錄用的新人記者中，有幾成能撐過三個月的試用期呢？」

一句話問到劉主任的痛處。

報社的正式編制是有限的，但他們需要的人手遠遠超過編制上限。所以，每年他們都要大量地招募約聘人員。約聘人員在事業單位像是二等公民一樣，待遇遠不如正職人員。記者這個職位的基本工資本來就很低，如果是一個約聘人員，那就比很低還要低，一個月一千多塊人民幣，連付房租都不一定夠。他們收入的另一部分是稿費，但是新人記者通常一個月都發不了幾篇稿子，這點稿費更不必指望。所以，新入職的約聘記者，一個月的淨收入湊不到三千塊人民幣是常見的事。

月薪三千塊人民幣，在B市算是一個赤貧線。

他們要吃、要穿、要睡覺、要坐地鐵，這是最基本的生活需求。如果他們的月薪連這點生活需求都滿足不了，還指望他們做什麼？拿著兩千多塊人民幣的工資，住著巴掌大的群租房，穿著十九塊人民幣含運費的T恤，然後笑著和人談理想談未來嗎？不是每個人的心智都那麼堅定，也不是每個住群租房的都能逆襲。如果他們中途放棄，別人也用不著指責什麼。

想到這裡，劉主任嘆了口氣。

「不要難過，」林梓安慰他，「你看，現在有一個不在乎薪水的人坐在你面前、等著你錄用，你還在猶豫什麼？你認為我堅持得不會比他們久？那你就低估了夢想的力量了。」

劉主任被他說得有些動搖了。

林梓又加了把火，「其實你也不用發基本工資給我，」那點錢不夠我買零食，他心想，不過這句話沒說出口，「但是呢稿費我會拿，那是我勞動的回報。」

劉主任翻了個白眼，「等你能拿到稿費再說吧。」

「這麼說，我被錄用了？我必須承認你的眼光真的很不錯。」

劉主任有氣無力地擺擺手，「趕緊出去。」

林梓走後，劉主任身旁的一個面試官悄悄問他，「劉主任，您真的決定錄用他？我看他滿不務正業的。」

「那又如何，」劉主任有些無奈地說，「只要他不是來搗亂的就行，我們基層記者太缺人了。」更何況，還有不用發工資這種好事……

由於林梓被劉主任劃分到「湊數」的行列裡，所以是不可能好好培養他的，他依然不願意在林梓身上浪費資源。於是，林梓被放生到雲朵他們組，由雲朵來帶他。

雲朵簡直無語，她也是個新人好不好，要她怎麼帶另一個新人！

林梓卻很高興，因為雲朵他們組的重點之一就是泳壇。

孫老師把面試的情形講給雲朵，雲朵聽完，斜著眼睛看林梓，「還跟我說不是因為祁睿峰，明明就是嘛！」

林梓理直氣壯，「妳問那麼直接，我要怎麼回答？對，我就是想要跟著祁睿峰，採訪祁睿峰，我要嫁給祁睿峰？」

「你夠了，祁睿峰是不會娶你的。」

就這樣，林梓成了雲朵的小弟。她帶著林梓跑了幾個採訪，讓他試著寫了兩篇稿子，最後得出結論：連劉主任都放生林梓了，她就不用花心培養了，林梓愛幹什麼就幹什麼吧。

於是她這「師傅」當得甚是輕鬆。

※　※　※

十二月五日，國家游泳隊舉辦了一場新聞發表會，主題是關於明天要進行的全國冬季游泳錦標賽。這裡我們有必要簡單介紹一下國內的游泳比賽。

國家級游泳比賽，除了四年一次的全運會，一年一度的專業性比賽有四場，按時間先後順序分別是：全國春季游泳錦標賽、全國游泳冠軍賽、全國游泳錦標賽、全國冬季游泳錦標賽。游泳冠軍賽一般是針對重大賽事的選拔比賽，性質和那三個錦標賽不一樣。

三個錦標賽中，全國游泳錦標賽是水準最高的比賽，春季、冬季錦標賽次之。有一些選手會在春季、冬季錦標賽鍛鍊自己的副項。許多游泳運動員都有自己的副項，比如祁睿峰主項是長距離自由式，副項是短距離自由式。而唐一白，以前的主項是蝶式，副項是自由式，現在顛倒了一下。

所以冬季錦標賽的受重視程度不如雲朵之前參與的錦標賽，這回的發表會，社裡只派了雲朵和林梓兩枚小新人來採訪。

賽前新聞發表會一般是由明星運動員和教練們參與，比如祁睿峰和他的教練袁潤梅，比如女隊的大姊大向陽陽和她的教練，再比如唐一白和他的……咦，怎麼會有唐一白？

雲朵瞪大眼睛看著他，百思不得其解。跟那些世界冠軍一比，唐一白就是個小透明啊，用來湊數都嫌不夠，他為什麼會坐在這裡？還跟祁睿峰、向陽陽這些大牌明星互動良好的樣子……

像是感受到她的注視，唐一白突然停止和向陽陽說話，扭頭看過來。他一眼就看到擠在人群裡的雲朵，衝她微微笑了一下。鬧哄哄的會場裡，他的笑容像是喧囂蟬鳴中盛開的梔子花，溫柔乾淨，沁人心脾。

雲朵還沒什麼反應，她身後的兩個女記者已經把持不住，低呼道：「好帥啊！」

看來好色是人類的光榮傳統。

林梓悄悄對雲朵說，「唐一白為什麼要對我笑？」

「你想太多了，他是在對我笑。」

「呵呵，女人。」

雲朵黑線，「敢這樣跟老大說話，我打碎你的頭蓋骨！」

林梓一臉驚恐地閉了嘴。

這時，唐一白低下頭，不知道在幹什麼。很快，雲朵感受到手機輕微地震動，她拿出來，看到唐一白傳給她的訊息。

唐一白：散會別走，有話對妳說。

雲朵：好喔。

賽前新聞發表會的焦點依然在祁睿峰身上。

這是一個很有趣的現象。在中國體壇，許多項目女子獲得的世界冠軍比男子多，但是，受到關注的總是男人比女人多一些。比如中國游泳隊裡男子得奧運冠軍的只有祁睿峰一個，而女選手在上屆奧運拿到三塊金牌，向陽陽更是衛冕了女子兩百公尺混合式冠軍。然而在一般人眼中，中國泳壇的領頭人不是向陽陽，而是祁睿峰。

現在，祁睿峰被集體圍攻的原因是他的「不務正業」——他在這次比賽中僅報了一項男子一百公尺自由式。

記者問：「為什麼沒有報名自己更擅長的項目，比如一千五百公尺自由式？」

祁睿峰脫口而出：「對手太嘶——」最後一個字是他的吸氣聲。他擰著眉，臉皺成一團。對手太什麼？你倒是說啊！

祁睿峰決定不說了。因為他身旁的女人此刻正用力地捏他，以此作為對他胡說八道的懲戒。有膽量如此對待一個奧運冠軍的，也只能是另一個奧運冠軍了。

沒錯，捏他的正是向陽陽。因為這次發表會是教練和教練坐一起，運動員和運動員坐一起，所以祁睿峰的教練袁潤梅管不到他，只好拜託向陽陽管住這傢伙的嘴。

祁睿峰鬱悶地閉嘴，記者還在追問：「對手怎麼了？您是不是想說對手太弱了？」

「你猜。」

「我不猜……」

這個記者眼尖，看到袁潤梅在扶麥克風，顯然是想搶答這個問題。

不能讓教練回答啊，這世界上最狡猾的就是教練了，遠不如運動員可愛，什麼都敢說。

於是他果斷地看向唐一白，「唐一白，對於祁睿峰在整個比賽裡只選你做對手，你怎麼看？」

這種話，明顯是想挑起一點火藥味。

唐一白沒想到自己來湊個數也能被點名提問，他抿了抿嘴，答道：「峰哥不像我，我的比賽經驗嚴重不足，需要儘量全面性地參加各類賽事累積經驗。但是峰哥已經參加過多次世界級的比賽，他的一千五百公尺自由式成績很好，這樣的成績在一般的國內比賽中已經很難達到積累經驗的目的。另外，我個人認為，多次在必勝的情況下比賽，會使人產生驕傲自滿的情緒，所以我認為峰哥這樣的選擇十分明智，不明白你有什麼不能理解的。」

他說得不緊不慢，一段話下來，基本意思還是那四個字：對手太弱。

但是呢，他的話說得漂亮，滴水不漏，讓人挑不出刺。記者有些失望，這年頭的運動員也這麼狡猾了嗎？一點都不可愛！

不過他依然有些不甘心，追問道：「所以還是對手太弱了？」

唐一白用一種控訴的眼神望著他，「我們運動員都挺不容易的，請你口下留情。」

「去你——」那個記者不小心爆了粗口。他意識到自己的情緒沒控制好，臉一下紅了，再無他言，訥訥坐下。

向陽陽低頭小聲說：「一白好樣的。」

祁睿峰也已經意識到這是唐一白在幫他圓話。好兄弟嘛，就是人後互虧、正式場合互相替對方出頭的存在。

又有記者站起來，順著這個話題問唐一白，「和祁睿峰一起比賽你怕不怕？他可是奧運冠軍。」

唐一白笑了，「不怕啊！有強大的對手在，我或許能游出更好的成績。」

祁睿峰投桃報李地幫唐一白撐場面，「他怕什麼，他心理素質很強大的，埃爾蒲賽來了他都不怕斷——！」

又是一聲倒吸涼氣的聲音，這回比剛才還要誇張，祁睿峰感覺他的肉快要被向陽陽擰下來了。

那記者聽到此話，兩眼放光地看唐一白，「他說的是真的嗎？埃爾蒲賽來了你也不怕？」

唐一白笑得有些勉強，「當然。」

埃爾蒲賽是連續兩屆奧運男子一百公尺自由式冠軍，也是這一項目的世界紀錄保持者。祁睿峰不明白這種問題有什麼需要回避的。當然，第二天他就明白了。

眼前的新聞發表會結束之後，運動員們和教練先離開，之後才是記者退場。雲朵坐在下面左顧右盼，看到人都走光了，只剩下她和林梓。她有點擔心，唐一白不會忘記她了吧……

這擔心沒持續兩秒鐘，因為唐一白去而複返。

雲朵把自己的東西放到林梓腿上，「你先在這裡等我。」然後她過去，和唐一白站在桌子旁邊。

「找我有什麼事？」她問。

唐一白剛要說話，他身後又閃出一個人來，高大的身影像小山一樣，不是祁睿峰是誰。祁睿峰走過來，隨意地勾著唐一白的肩膀，「你怎麼還不走？」說完看一眼雲朵，「蛋——」

「咳咳咳咳咳！」唐一白猛烈地咳嗽起來。

「嗯，雲朵，」祁睿峰改了口，視線在會場裡掃了一圈，面朝著林梓的方向對雲朵說：「那是妳男朋友嗎？像小兔子一樣弱。」

雲朵簡直要倒地了，這是什麼形容詞啊！

她卻不知道，祁睿峰這句話是從唐一白那裡複製貼上的。

唐一白此刻自然不會承認版權歸屬，他只是嚴肅地搖搖頭，「你不要把『男人』和『兔子』聯繫在一起，不忍直視。」

祁睿峰反應了兩秒鐘，才猛地推開唐一白，「你太猥瑣了！禽獸！」

唐一白不以為恥，他摸著下巴，目光蕩悠悠地飄向林梓，然後笑咪咪地看著雲朵，「確實有點弱，真的是妳男朋友？」

雲朵有些不自在，「不——」

這時，他們兩人身後又探出一個腦袋來，「峰哥、一白哥，原來你們在這裡？」正是明天小朋友。他走到唐一白的另一邊，看到雲朵時並不意外，他也瞄一眼林梓，「姊姊妳男朋友好弱啊！」

雲朵無力吐槽，「你們的想法要不要這麼神同步啊……他不是我男朋友，是同事而已。還有，他可不弱，一頓飯可以吃下一頭牛，所以力氣應該很大的。」

祁睿峰不屑，「還是個飯桶。」

明天點頭，「又弱又能吃，養他好虧本。」

喂喂喂，你這種養豬場管理員的口吻是要演哪齣？雲朵默默扶額，看著唐一白，「你要和我說什麼？」

唐一白左右看看，「你們兩個，能不能先回去？」

祁睿峰和明天撇撇嘴，轉身離開。明天一邊走一邊抱怨：「一白哥，我們連你屁股上有幾顆痣都知道，現在談隱私是不是晚了點？」

祁睿峰拍他的腦袋，「當著女孩子的面不要說這種話，你這個笨蛋！」

雲朵汗津津地低下頭。她覺得唐一白好可憐，整天和這幫非正常人類一起混，還能看起來比較正常，多不容易啊！

等他們離開之後，唐一白說道：「雲朵，這次比賽結束後我想請妳吃飯。」

喔，原來他想說的是這個，雲朵知道他是想答謝輔導四級那件事，於是也點點頭，「好啊。不過這種事在微信上說就好啦，我還以為出什麼大事了呢。」

唐一白笑笑，「當面邀請比較有誠意。妳想吃什麼？」

「嗯，吃點清淡的就好，我最近大餐吃多了。」雲朵說著，摸了摸肚皮，林梓非常仗義地兌現了承諾，還在公司堆了好多零食。所以她就……

唐一白卻笑著望她，「妳不用幫我省錢，運動員沒那麼窮。」

雲朵也不知道該怎麼解釋，只好答道：「那你看著辦吧，我吃什麼都行。」

「好。」

隨著這一聲「好」，唐一白身後那扇還未關閉的門裡傳來兩句異口同聲的話：「我也要去！」

不用說，一定是那兩位偷聽了。唐一白扶額，他漏算了隊友的無恥。他微微側過頭，下巴輕輕地揚起了一個小高度，露出白皙修長的脖頸。他兩手插著口袋，身姿挺拔俊秀如一株筆直的小紅杉。然後，這株漂亮的小紅杉揚聲喊道：「去你的！」

雲朵發現自己的審美觀有點扭曲了——她竟然覺得唐一白爆粗口的樣子也很帥氣。

※　※　※

雲朵和林梓回到報社，她要林梓根據今天的新聞發表會擬幾個標題出來。然後林梓的成果如下：

祁睿峰放棄主項迎戰唐一白，原因：對手太弱。

唐一白逆天發功挑釁埃爾蒲賽：來了也不怕你！

向陽陽發表會現場和祁睿峰眉來眼去，不知為何？

啊啊啊這都什麼鬼！祁睿峰根本沒有親口承認「對手太弱」好嗎！唐一白什麼時候挑釁埃爾蒲賽了？體壇新聞發表會你給我寫「眉來眼去」這種詞？還有！逆、天、發、功又他媽是什麼鬼！！！

短短幾十個字，雲朵硬生生讀出了《金瓶梅》和《葵花寶典》的感覺。她簡直要淚流滿面了，「怎麼辦啊，我還是很想打碎你的頭蓋骨！」

「消消氣。」林梓淡定地遞給她一袋芒果乾。

「我不吃！」雲朵決定要做一個有氣節的人。

鄰座的孫老師蹭著轉椅過來，幫雲朵接過芒果乾，幫她撕開封口，然後幫她吃起來，一邊吃一邊問：「怎麼回事？」

雲朵把今天發表會現場的事情簡單跟孫老師說了一下，然後把林梓擬的新聞標題給他看。

孫老師看完之後，說道：「其實第二條還是可以用的，可是唐一白是怎麼發功的？」

林梓解釋道：「那四個字是湊字數的，這樣三條標題看起來一樣長。」

原來真相只是這麼簡單？就因為這傢伙有強迫症？雲朵真的好想用目光把他斃掉。

孫老師點點頭，「嗯，這四個字去掉，在唐一白的名字前加個定語，要不然一般人未必知道他是誰。」

「不行，」雲朵搖頭，「唐一白並沒有直接挑釁埃爾蒲賽，是祁睿峰幫他挑的。我們必須如實客觀地反映情況。」

「妳啊妳，」孫老師搖頭，「妳看著辦吧。」

當天，雲朵的稿子果然如實客觀地反映了情況，並且拒絕用任何聳人聽聞的標題刷眼球。

不過呢，雲朵是客觀，但這世界上總是有不客觀的媒體。所以第二天，依然有幾家紙媒按照林梓那個路數發了關於唐一白的新聞。什麼「唐一白挑釁埃爾蒲賽」、「唐一白挑戰埃爾蒲賽」、「唐一白有自信迎戰埃爾蒲賽」……

這下埃爾蒲賽的粉絲不甘心了。唐一白哪根蔥，敢挑戰我埃神？這年頭的小透明為了上位真是臉都不要了啊！

許多讀者看新聞只看標題，當看到那些標題時，他們自然而然地認為唐一白就是在藉著埃爾蒲賽的名氣刷存在感，就是在消費埃爾蒲賽。再看唐一白是何許人也，好吧，世錦賽都沒參加過，還被禁賽，人品有問題！成績和埃神差了將近兩秒呢，他拿什麼挑戰！

綜合以上，這個人好不要臉，真是給中國人丟臉！必須罵他，狠狠地罵他！

罵一個沒有名氣的人是最爽的，因為這個人沒粉絲撐腰，無人來和他們爭執，所以大家可以一面倒地罵他，同時在罵人的過程中互相找尋認同，獲得成就感。

也有一些人不忍心罵。原因無他，這個人長得太帥了……這麼可口的帥哥讓人怎麼下得了口啊！

抱有這種想法的大部分是女人。至於男人？哇靠，這個人這麼賤還長得人模狗樣的，一定騙過不少無知少女，真是欠揍！罵他！

就這樣，唐一白這個名字被扔進了人民戰爭的汪洋口水裡，從新聞評論區到論壇，再到各類社交媒體，短短半天時間，他被各種嘲弄，他的女性親屬也被問候過很多次。在「謾罵」這個領域，是沒有國籍和階層之分的，很多人都有著一身天分極高的罵人技巧。

雲朵看了一會兒就看不下去了，趕緊關掉電腦。她心裡難受得要命，像是堵著一塊鉛。她很為唐一白感到委屈，明明什麼都沒做，憑什麼被人這樣罵？就算他真的說出要挑戰埃爾蒲賽的話，那算錯嗎？一個有理想的運動員，想挑戰本領域的大神這沒什麼吧？說出來就算錯嗎？就活該被人冷嘲熱諷、人身攻擊、問候祖宗十八代嗎？

雲朵深呼吸了幾次，然後傳了條訊息給祁睿峰。

雲朵：祁睿峰，不要讓唐一白看到今天的新聞。

很快，祁睿峰回她：他已經看了……

雲朵的一顆心提起來，問道：那他現在怎麼樣了？

祁睿峰：他說要做篇閱讀冷靜一下。

※ ※ ※

唐一白坐在書桌前，一手握筆，看著眼前的考卷。他的坐姿很端正，像小學生在上練字課。他儘量快而準地瀏覽著眼前的閱讀理解文章，時而用螢光筆把眼熟卻不認識的詞語標記出來。至於那些不眼熟也不認識的詞語，他時間有限暫時不管。

這是雲朵教他的，等做完整篇之後把標記出來的詞查一查，能記住幾個算幾個。如果某個詞遇到的次數多，他也就能記住了。

所以他的桌上除了考卷外，還有一個電子詞典。這是手機翻譯軟體的替代品。

祁睿峰沒有騙雲朵，唐一白確實在做英語閱讀，而且做得滿認真。

相比之下，祁睿峰就有些急躁，他圍著唐一白團團轉，像一隻六神無主的狗。唐一白有些厭煩，「你不要在我面前晃了。」

祁睿峰洩氣地坐在另一張椅子上。他悶悶說道：「對不起。」

唐一白低頭看著考卷，頭也不抬地答：「第二十八遍。」

這是祁睿峰第二十八遍和他說對不起。

祁睿峰重重嘆了口氣。他真的沒想到，昨天他只是提了一句埃爾蒲賽，今天卻引起這樣的軒然大波，實在是莫名其妙，無妄之災。媒體引申發揮的能力太強了，鄉民們人云亦云的開罵也太過分。可是說到底，最根本的原因還是他提了埃爾蒲賽。

所以祁睿峰現在特別內疚，他覺得是他把好兄弟害成這樣的。

唐一白看到祁睿峰垂頭喪氣的，只好放下螢光筆，「我這個被罵的人都沒怎樣了，你矯情什麼？」

「對不起。」祁睿峰又說了一遍。

「你沒有做錯任何事，不用說對不起，」唐一白搖搖頭，「其實那些新聞也沒說錯，我確實準備挑戰埃爾蒲賽，只不過不是現在。想要成為世界冠軍，當然要挑戰最強的對手。至於罵我的人，他們不瞭解我的情況，罵就罵吧，反正以後會改口的。對一個運動員來說，成績才是最具說服力的事實，其他都是浮雲。」

祁睿峰難以相信地看著他，「你不生氣嗎？」

「一開始有點生氣，現在想通了。」

「你想通得也太快了吧？一篇閱讀還沒做完呢！」

「因為我不想把時間浪費在生氣上，那是毫無意義的。一年之後是亞運會，兩年之後是世錦賽，三年之後是奧運，我的時間很緊迫。喔，還有不到兩個星期就是四級考試。哥正在忙，沒那個美國時間去跟鄉民生氣。」

祁睿峰靜靜地盯著唐一白，沉默不語。他的目光中有些不可思議，有些豔羨，有些感動。

唐一白皺眉，「別這樣盯著我看，難道你暗戀我？」

「靠！」祁睿峰忍不住罵了一句，他撫了撫手臂上瞬間起的雞皮疙瘩，然後無比認真地對唐一白說：「我覺得你比我強多了。」

唐一白沉默了一下，然後悠悠地嘆口氣，說道：「如果你曾經以為自己即將失去眼前的一切，那麼現在你無論面對什麼事情都不會難過。因為你至少還在這裡，還可以朝著理想心無旁騖地奮鬥。這就夠了。」

祁睿峰也學他的樣子嘆了口氣。他不太適應這種有點悲傷的回憶，於是岔開話題說：「剛才雲朵傳訊息給我，問候你。」

「是嗎？我看看。」

唐一白一眼掃完祁睿峰和雲朵的聊天記錄，然後他向雲朵發送了視訊通話的請求。

視訊通話很快就接通，兩人的臉出現在對方的手機螢幕上。雖然他們實際上隔著很遠的距離，不過唐一白還是第一次這麼近地看到雲朵的臉龐。她紮著隨意的馬尾，額前搭著細碎的劉海；臉蛋小小的，線條柔和豐潤；眼睛不算大，很有神采，眼睛的形狀也很秀麗，真的像一顆小杏核；嘴角天生有個上翹的弧度，不笑的時候也像是在笑。難怪他看到她的時候會心情好好的。

但是現在雲朵的心情並不好。她的秀眉緊緊鎖著，看到對面是唐一白時，她愣了一下，

『唐一白？』

「是我，雲朵。」唐一白把手機豎著放在一個寵物小精靈的手機架上，他坐在椅子上，扶著下巴看雲朵。

『你……還好吧？』

唐一白苦著臉看她，「不好。」

祁睿峰驚訝地望著唐一白。這小子剛才還猛灌雞湯給他呢，說得頭頭是道，比出家的大和尚還心寬，怎麼現在就不好了？

雲朵擔憂地看著唐一白，『不要放在心上，那些人為了博眼球臉都不要了，不值得你去計較。』

唐一白點頭，「道理我都懂，可我還是難過。」

『那怎麼辦啊？你明天還有比賽呢，先好好比賽吧！其他的，想也沒用。』

雲朵說這番話時有點心虛，因為她覺得如果是她遇到這種事，一定鬱悶得要死，不是說不想就能不想的。

唐一白嘆了口氣，「要不然，妳唱首歌給我聽吧？」

『啊？』雲朵愣愣地看著他。她覺得唐一白可能是在開玩笑，可遇到這麼煩心的事誰還有心情開玩笑呢？所以唐一白應該是真的需要安慰吧？可是一定要用這種方式安慰嗎……

隔著手機畫面唱歌感覺好傻，而且她現在還在公司，在眾目睽睽之下高歌，豈不是更傻了……

『一定要唱歌嗎？』她問道。

唐一白不答，只托著下巴望她，眼睛亮晶晶的，欲言又止。

有的時候不說比說還管用，看著他可憐兮兮的樣子，雲朵撐了有三秒鐘，終於還是妥協了，『好吧，我唱。你想聽什麼？』

「什麼都行。」唐一白答。

他身後傳來另一個人的聲音，是祁睿峰：「唱個《小蘋果》吧！」

雲朵果斷地轉頭，『不唱！』那首歌有著神奇的魔力，唱一次會在腦子裡連續播放半天，有時候還會不知不覺地哼出來，堪稱洗腦神曲。

她會唱的歌也不多，本來還想賣弄一下唱英文的，但是一想到唐一白的英語水準……算了，她還是老老實實地唱國產的吧。

雲朵拿著手機去了樓梯間，這裡一般不會有人。她在樓梯間裡為唐一白唱了一首《飛得更高》，這是一首勵志歌曲，現在唱也算應景了。

原唱是汪峰，嗓音沉鬱粗糲，低回嘶吼，曲調中蘊含著一種壓抑的爆發。雲朵的嗓音清冽細膩，像是清澈的泉水，她唱得很投入，溫婉的歌聲裡散發著溫暖人心的力量。

她也真夠誠實，讓她唱歌就唱歌，一首歌從頭唱到尾，高潮部分唱了好幾遍。

樓梯間的光線比較暗，畫面中她的影子也變得有些模糊，她的歌聲倒顯得更加清晰純淨，唐一白和祁睿峰都聽得有些入神。

一曲唱完，雲朵有些不好意思，她靠在樓梯扶手上問唐一白：『怎麼樣，心情好一點了沒？』

唐一白摸著下巴，看著她模糊的臉孔，「嗯，妳唱得很好聽。」

『謝謝。』

「不過，」他一本正經地看著她，「我是游泳的，飛不了那麼高，不然妳再唱首《游得更快》給我聽？」

雲朵終於確定他是在開玩笑了。王八蛋，都這種時候了，他竟然真的有心情開玩笑，她悲憤地看著他，『逗我很好玩？』

「好玩。」他笑吟吟的，眉目生動，平日比花還要好看的笑容，此刻怎麼看怎麼欠扁。

雲朵額角冒起三根黑線，『喂！』

「好了好了，不要生氣。」唐一白看到雲朵就要爆發，趕緊安撫她。

『你還笑！』

「好，不笑了。」唐一白抿著嘴，不讓自己笑得太明顯，「謝謝妳，我的心情真的變好了。」

『不理你了，我要去工作。』

「不要生氣了，這樣吧，妳唱了一首給我聽，我還妳一首，怎麼樣？」

雲朵的眼睛瞬間亮了好幾度，『真的？你要唱歌嗎？唱什麼？好期待！我要錄下來！』

「咳，」唐一白抬起食指輕輕掩了一下嘴唇，笑道：「讓祁睿峰來還，他唱歌很棒。」

「喂！」

『喂！』

這回是兩聲，一個手機內一個手機外。祁睿峰不滿道：「關我什麼事？」

唐一白答道：「給你一個將功贖罪的機會。」

祁睿峰不服，「你不是說我沒做錯嗎？」

唐一白冷笑，「我只是客氣一下，你還當真了。」

祁睿峰，卒。

然後祁睿峰坐到書桌前，對著手機唱了他心心念念的《小蘋果》。

雲朵快哭了，她終於還是要被神曲洗腦了嗎……

洗腦歌唱完，祁睿峰被唐一白轟開，唐一白重新坐回到雲朵面前。雲朵看著他，『你明天……算了，我不說你明天也會好好游的。你心理素質太好了，簡直是金剛不壞，百毒不侵。』

唐一白抿嘴笑了笑，兩人愉快地告別。唐一白拿下手機遞給祁睿峰時，看到祁睿峰神色古怪地打量他。

「又怎麼了？」

祁睿峰猶疑地問：「你們兩個是在談戀愛嗎？」

唐一白愣住，「胡扯什麼。」

※　※　※

關於唐一白的輿論還在發酵。許多人認定唐一白沒實力還愛炒作，因此都很期待他在次日的比賽中失利，這是喜聞樂見的打臉行為，人們怎麼會錯過呢。

他們覺得這種期待並非異想天開，因為唐一白的成績和埃爾蒲賽差了將近兩秒呢！游一百公尺能差到兩秒，說明這個人確實夠廢柴的。

從這個觀點就可以看出內行與外行。埃爾蒲賽的一百公尺自由式世界紀錄是46秒90，唐一白上次的一百公尺自由式比賽成績是48秒52，單看這個數字，兩人差了1.62秒，四捨五入之後就算兩秒吧，那麼這個觀點勉強算正確。

但這其中有兩個情況他們沒有注意到。

第一，埃爾蒲賽的世界紀錄是在「鯊魚皮」時代創造的，那一屆奧運，選手們穿著鯊魚皮製作的泳衣比賽，紛紛游出了史無前例的好成績，也造就了一批很難突破的世界紀錄。之後鯊魚皮泳衣被禁用，運動員的成績紛紛回落，就算是埃爾蒲賽自己，在之後的比賽中再也沒游進過47秒。他上屆奧運的成績是47秒48。所以按照目前的情況來看，唐一白和埃爾蒲賽的差距在1秒出頭。

第二，網路上都說48秒52是唐一白「史上最佳比賽成績」，是啊，因為唐一白只比過這一次！這個成績是他唯一的比賽成績，當然就是最好的。而一般來說，很少有人能一下就游出自己的極限，都是慢慢提高的，所以唐一白的最好成績應該比這個數字要好。

綜合以上，雲朵覺得網友們遠遠低估了唐一白的實力。她用這兩條理由去論壇反駁眾人，結果被罵成狗，只好撤退。

由於鄉民對打臉的期待，冬季游泳錦標賽獲得了很多額外關注，搜索次數一天內暴漲，新聞網站相關評論區也熱鬧非常，簡直要嚇壞值班編輯了。

就連混娛樂八卦圈的陳思琪都聽說了這件事。陳思琪還記得自己見到唐一白（的照片）時那種驚為天人的感覺，說實話，這種感覺她在演藝圈混了這麼久，都沒遇到過。她打了通電話給雲朵詢問此事，在得知事情經過後，陳思琪怒道：「靠！怎麼你們體育圈的媒體和我們八卦圈一樣不要臉啊！這讓我們娛記的臉往哪裡放！」

『只是一部分的人那樣。』雲朵還試圖幫自己混的圈子辯解一下。

「沒事沒事，我要幫唐一白洗白，洗得白白的！」

『什麼叫洗白，他本來就挺白的。』

「是啊，」陳思琪來了興致，「我發現游泳的人都挺白的，是因為泳池裡有漂白劑的原因嗎？」

『妳可以試試，每天用漂白劑洗臉。』

陳思琪想了想覺得好可怕，還是算了。

雲朵又問她：『妳打算怎麼幫唐一白正名？』

「這個呢，要等明天的比賽結束，根據具體結果再進行方案。妳放心吧，明星們炒作的花樣多得很，姊可是見過世面的人，包在我身上。」

陳思琪靠不靠得住雲朵不知道，她只知道這傢伙自從混了演藝圈，嘴砲的本領更了不得。

※　※　※

第二天，冬季錦標賽就在這種備受矚目的氣氛裡拉開了序幕。唐一白的一百公尺自由式安排在第一天，上午預賽和準決賽，下午決賽。祁睿峰的一百公尺自由式成績也很不錯，如果這次唐一白不能游過祁睿峰，或者就算游過了，但成績並不比此前的48秒52好，那麼可想而知迎接他的將會是怎樣的嘲諷。

雲朵暗自為唐一白捏了一把汗。

就連祁睿峰都猜到了唐一白處境的艱難。賽前他好幾次欲言又止，最後還是唐一白有些不耐煩的樣子問他：「你到底想說什麼？」

「你不能輸。」祁睿峰憂心忡忡地說。

「所以呢，你想退賽？想放水？」

祁睿峰沒有回答，他真的這樣想過。倒不是他有多自信能贏唐一白，賽場上的事沒那麼絕對，同樣的，唐一白也並非百分百能贏他。

唐一白搖了搖頭，面色鄭重，「祁睿峰，你要知道，在賽場上竭盡全力，才是對你的對手最大的尊重。」

祁睿峰點點頭。唐一白說的總是對的。

所以祁睿峰抱著竭盡全力的心態參加了比賽。

這場比賽很精彩。

今天的男子一百公尺自由式決賽，後來被一些資深泳迷稱為一場「載入史冊」的比賽。在這樣一次「並不那麼重要」的賽會上，祁睿峰發揮出色，創造了他職業生涯中該項目的個人最好成績，游出了48秒27的最終成績。

48秒27是什麼概念？此前的亞洲紀錄是由日本選手創造的48秒35，祁睿峰這個成績，已經打破了亞洲紀錄。

但是他的名字不會出現在亞洲紀錄的更新名單上了。因為就在他打破紀錄之前的0.23秒，已經有人先一步占據了那個位置。

唐一白，48秒04！

在紀錄刷新以毫秒計的今天，他以超越亞洲紀錄0.3秒的霸氣獲得了冠軍。當這個成績出來時，全場震驚！

太不可思議了，這個年輕人，這只是他複賽之後的第二場比賽，短短兩個月，他的成績提高了將近0.5秒！0.5秒！對一百公尺自由式這種幾乎一眨眼就結束的快項目，這個數字真的太嚇人！

直逼48秒的成績，世界級的水準，在這樣一場並不起眼的比賽中，由一個最近飽受非議的年輕人創造了。

現場許多人感到震撼，心情為之激動，相比之下，創造這個紀錄的年輕人就平靜多了。他在泳池中和祁睿峰擊掌相和，出水之後神色如常，只是由於劇烈運動而大口喘著氣。走過媒體專區時，他任由記者們拍照、擺弄攝影機，耐心地聽他們提出的問題。

「唐一白，你覺得自己今天表現怎麼樣？」

「唐一白，你今天以 0.3 秒的大幅提升破了亞洲紀錄，請問現在是什麼感受？」

「唐一白，你這個成績目前在國內無人能敵，甚至在整個亞洲也首屈一指，那麼接下來的目標是什麼，挑戰埃爾蒲賽嗎？」

「唐一白，對於你約戰埃爾蒲賽，鄉民都說你是異想天開，你怎麼看？」

記者們嘴皮子都太快了，才一下子就問了好多問題，唐一白正在猶豫先回答哪一個。然後他看到在第一圈記者的周邊，有一個人正在努力地往前擠。她一手舉著相機，一手拿著錄音筆，由於擁擠，髮絲有些淩亂，可是她顧不得形象，很努力很努力地想要搶一個位置說句話。

好吧，她搶位置的能力總是那麼差。他不介意幫她一把。

唐一白向後退了一步。基於腿長的差距，他的一小步相當於記者的一大步，當記者們不自覺地向前邁步跟著他時，他又輕鬆迂迴前進，繞到他們背後。

喂喂喂，不要這樣耍人啊……記者們風中淩亂。

記者們轉過身，本以為會看到唐一白揚長而去的背影，但是他卻停下了。此刻他面對著他們，確切地說，是面對著她——一個女孩。

他對著那個女孩笑，笑得特別好看，「妳想問什麼問題？」

其他記者的內心瞬間化成咆哮教主。

我的老天啊！這傢伙竟然在搭訕女生！傻眼耶！剛破了紀錄，就不能愉快地和記者談談理想、談談人生嗎？剛一出水就跑去搭訕女生，您真是一點機會也不錯過啊！該死的！女孩藏在我們背後都能被你發現，視力也太好了，千里眼吧？話說這女孩到底是什麼樣的天仙啊？真的很好奇……

於是幾個記者繞到女孩前面，八卦兮兮地想要一睹她的真容。

身為一個記者，雲朵從來沒被這麼多記者圍觀過，壓力好大。她舉著錄音筆，儘量使自己的聲音顯得平穩而持重。她問道：「唐一白先生，首先祝賀你打破亞洲紀錄。今天的成績比之兩個月前有很大的進步，相信很多人和我一樣意外，請問你是怎麼做到的？」

唐一白朝她點點頭，「謝謝。其實我的訓練沒什麼改變，大家之所以會看到我兩個月提升近0.5秒，是因為我在第一次比賽時只是適應性比賽，以找感覺為主。那一次並沒有發揮出我的正常水準。」

「所以今天才是你的正常水準？還是超常水準？」

「今天游的成績比我預期的要好一些，不過也不算超常。超常的話，我肯定能游進48秒的。」

「那麼接下來的目標就是游進48秒了？」

「對，」他笑了笑，語氣輕鬆，「畢竟我是要挑戰埃爾蒲賽的人。」

雲朵也被他這種類似自嘲的幽默逗笑了。

這兩人是互動良好，卻把周圍的人氣得不輕：真當我們是空氣嗎？要把這裡搞成專訪現場嗎！

有人不甘心，又問問題，唐一白假裝沒聽到。

那位記者很想把手上的麥克風敲到唐一白的腦袋上。

時間就要到了，他們也不能在泳池邊停留太久。雲朵抓緊時間問出最後一個問題：「那你現在有什麼想對廣大泳迷說的？」

唐一白想了想，微微挑起眉，嘴角輕輕勾起一個弧度，緩緩說道，「我來了。」

第三章

等著尖叫吧！

唐一白來了！

這是第二天《中國體壇報》綜合體育版的頭條。

照理說，無論是冬季錦標賽還是唐一白都是不夠格上頭條的，不過誰叫唐一白破紀錄了呢，而且一下子把亞洲紀錄提高零點三秒，簡直史無前例，加上之前他要挑戰埃爾蒲賽的事情被炒得甚囂塵上，所以話題很豐富。

於是報社以一種「這個人要強勢崛起」的姿態發了一個唐一白的頭條。

雲朵有些唏噓，遙想一個月以前她寫篇關於唐一白的稿子可是輕鬆被斃，現在呢，輕鬆上頭條！人生啊，大起大落真是太刺激了！

感慨完畢，她翻著自家報紙，很臭美地欣賞著她寫的頭條新聞。這新聞不僅記錄了昨天唐一白在賽場上的強勢表現，還對唐一白此人做了一些介紹。內容豐富，圖文並茂。昨天編輯部開會確定用唐一白做頭條時，就通知雲朵，社裡需要更多關於他的資訊。雲朵義不容辭，把自己認識唐一白以來所有採訪他的稿件和圖片整理了一下。

報社最終選用的配圖有三張，其中兩張都是昨天的。一個是比賽進行時，唐一白在浪花翻飛中划水時的正面特寫。寬闊的肩膀，強悍而緊繃的上臂肌肉，因戴著泳鏡而略顯冷峻的臉龐，渾身散發著水中王者的氣勢。另一個是在領獎臺上，唐一白站在中間高舉鮮花，而一旁的祁睿峰側臉看著他，面帶微笑，滿臉都是欣喜和祝福。這一張抓拍獲得了社裡的表揚。

作為一個奧運冠軍，祁睿峰實際上是一個相當驕傲又臭屁的人，而唐一白竟然能被驕傲的祁睿峰如此對待，可見其不凡之處。另外呢，人們都瘋傳祁睿峰自戀、耍大牌、與隊友不和，從這張照片來看，事實未必如此。

第三張照片是雲朵之前拍過的，唐一白站在銀杏樹下，丰姿俊秀，遠處是體育大學的圖書館和教學大樓，再遠處是秋日特有的純淨深藍的天空。

唐一白才剛比完複賽沒多久，且為人十分低調，因此媒體圈同仁對他的資訊普遍掌握得不多，相比之下，雲朵的那些採訪已經算豐富了。她再添一點諸如唐一白在面對非議時特別淡定，認為成績是最有力的事實這類資訊（經過本人同意），湊一湊，這篇新聞稿儼然成了獨家新聞。當天便有不少網媒轉載這篇文章。雲朵小小的名字綴在新聞稿後面，被各種傳遞。

與此同時，網路上的輿論也發生了改變。

之前有不少人在電視機或者網路直播前坐等唐一白被打臉，結果卻是唐一白以打破亞洲紀錄的姿態狠狠搧他們一巴掌。這樣的成績，讓許多準備了一肚子說辭的人只好悄悄閉嘴。他們不會承認自己的錯誤，只會沉默地離開，假裝自己從沒來過、從沒做過那些傻事、從沒被某些媒體當猴子耍過。在網路言論自由已呈膨脹之勢的今天，一件風波發展到最後，最好的結果也不過是快速而悄然地平息。當事人不敢有過高的期待，也不會天真地去和媒體或鄉民討公道。

什麼是公道？實力才是公道。

晚上，雲朵收到了陳思琪的訊息，她讓雲朵去看一篇貼文。

這個貼文發在某著名娛樂八卦論壇裡，標題是：『這是不是史上最帥的運動員？』發文人的ＩＤ是「娛樂小螞蟻」。

本著「有圖有真相」的原則，「娛樂小螞蟻」先上了一張鎮樓圖，這張鎮樓圖是唐一白的一個側臉。斑駁陽光下，他低頭斂眉，眸子瑩亮柔和，唇角掛著淡淡的笑意。雲朵一眼就認出這是她在全錦賽拍到的那一張，陳思琪為了凸顯唐一白，把其他人都裁掉了。

網友的反應大致如下：

『哇靠這誰，好帥！』

『側臉帥炸，不過他誰？什麼項目的？』

『為什麼只有半張臉，另外一半呢？正臉能看嗎？』

『ＰＳ的吧，小藝人炒作？』

『樓上的，都說了是運動員，藝人能有這氣質？』

『樓主看在我褲子都脫了的份上請多多上圖。』

『這也算帥？比我家ＸＸＸ醜多了！』ＸＸＸ是某著名酷帥狂霸跩男明星。

『這是唐一白啊，昨天比賽帥翻了，打破亞洲紀錄了喔！』

『看來八卦的姊妹們不關注體育圈啊，昨天之前這個人被罵慘了！』

然後下面好多人求科普唐一白是誰，求八卦他為什麼被罵。

就在這時，娛樂小螞蟻又發了一張圖，這次是唐一白剛出泳池時的圖片。圖片中他只穿著泳褲，完美漂亮的肌肉完整呈現，筆直有力的長腿正在向前邁步。

這下評論就沒什麼節操了。

『啊啊啊啊求高清大圖！』

『混帳我第一次見到一個人渾身都是擼點！』

『看來我不得不脫褲子了。』

『有人和我一樣隔著螢幕摸他的腹肌嗎？』

『我在摸他的胸肌。』

『我在摸腿。』

『我在摸人魚線，口水口水口水！』

『樓上的你們都好無恥！我都只是隔著泳褲摸他的丁丁！』

這個剽悍的評論一出來，下面一堆回覆刪節號的。

雲朵看得一陣臉熱，問陳思琪，「這論壇裡都是什麼妖孽啊？」

陳思琪笑道，『好玩嘛，反正隔著一根網路線，誰也不認識誰，所以一個比一個還沒下限。』

雲朵接著往下看。陳思琪不緊不慢地一張張放圖片，一邊放圖片一邊介紹唐一白，所有的資訊和圖片都是從新聞裡搬來的，還有兩個比賽影片。但總體來說，這些資料很少，完全不能滿足人民群眾深八卦狠八卦的需求。她在科普唐一白被罵事件的真相時，用雲朵那篇新聞稿幫他正名。

然後就有人懷疑到了祁睿峰：

『祁睿峰是故意的吧？』

『心機婊？』

『哈哈哈哈祁睿峰快來看，有人說你耍心機！』

『祁睿峰長著一張中二病晚期，建議放棄治療的臉，這種笨蛋你跟我說他耍心機？』

『XDDDDDDDDDDDDD』

雲朵看著這些回覆，捶桌狂笑。她在考慮要不要讓祁睿峰知道他在網友眼中的形象。

陳思琪的科普完畢，許多人已經表示決定粉唐一白了，還有人表示要嫁給他。

雲朵看得直擦汗，真是一群剽悍的妹子。

然後還有一群人求高清大圖的，雲朵問陳思琪需不需要發，陳思琪搖頭答，『不用，我現在站在一個純粉絲的立場上，發的圖都是網路上公開的。如果我弄到高清大圖，來源說不清楚，別人會懷疑我的動機。這論壇裡的女孩都是神探。』

沒想到這裡面還有這麼多門道。雲朵表示受教了，然後陳思琪又說：『不然妳先把高清大圖給我？以後等唐一白紅了，我們慢慢發。』

雲朵看著網友們各種沒節操的意淫，她決定還是先徵求一下唐一白的意見。於是她在微信上敲他。

雲朵：唐一白？

唐一白：在。怎麼了？

雲朵：有人跟我要你照片的高清大圖。

唐一白：誰？主管嗎？

雲朵：不是，是一個朋友，她是個娛樂記者。

唐一白：那妳自己留著吧，不要給別人了。

雲朵：好。

雲朵的高清大圖就沒有給陳思琪了。陳思琪得知原因之後，只是惋惜了一下，然後表示尊重她老公的決定。最後，陳思琪又旁敲側擊地問了一下祁睿峰是不是對「她老公」欲行不軌，因為祁睿峰看唐一白時的眼神「很溫柔」，所以「有基情」。

雲朵囧出了一身雞皮疙瘩。她覺得每次跟陳思琪聊完天，她都需要幫自己的節操加個值。

※　※　※

十二月十八日，是全國大學生英語四六級考試的日子。唐一白在這天上午奔赴了考場，體大的不少學生認出了他，和他打招呼，還有人祝賀他打破亞洲紀錄。

發考卷前，唐一白把鉛筆盒裡的東西都取出來，在課桌上擺好。文具是雲朵幫他挑的，黑色的原子筆上印著幾個銀色的小字：孔廟祈福筆。

唐一白每次看到這幾個字都很想笑。

主監考老師是體大著名的抖S大魔頭，據說是個面癱，從來不會笑，對待學生像是對待冬天一樣寒冷，手上掛掉的冤魂無數。唐一白坐在第一排，在正面戰場上迎接著抖S大魔頭的目光。發考卷時，這位大魔頭把考卷放在唐一白的桌上，然後輕聲對他說了一句：「唐一白，加油。」

唐一白嚇得把孔廟祈福筆掉在了地上。

無論一場考試的時間有多長，學生們都會覺得考試時間流逝得太快。結束鈴聲響起時，唐一白的題目還沒有寫完。不過無所謂了，反正他正在答的是翻譯題，本來他就沒什麼把握拿分。其他題連蒙帶猜都答完了，其中閱讀理解他答得最輕鬆，不枉費他這段時間的苦練。

走出考場，唐一白打了通電話給雲朵。

雲朵一接起電話就問道：『唐一白，你考完試啦？』

唐一白一邊隨著人群向外走，一邊低聲應道：「嗯。」

『考得怎麼樣？』

「還行。」

這是個模棱兩可的回答，雲朵不知道他發揮得好還是不好，只是說道：『一定能過的。』

「嗯，我用的可是孔廟祈福筆。」

隔著手機，雲朵聽到他清潤悅耳的笑聲。雲朵知道他又取笑她，正要發作時，唐一白突然說道：「雲朵，明天的餐廳我選好了。」

『啊，是嗎？待會兒你把地址傳給我。』

「好，不過……」唐一白停了停，真不知道這件事要怎麼說。

雲朵問道：『怎麼了？你沒時間嗎？』

「不是，是這樣，一起吃飯的可能不只我們兩個。」

『那是幾個？』

「……六個。」

六個嗎？果然唐一白還是被他的隊友們攻克了？不過就算四人小分隊都去的話，也只有五個人，還有一個是誰？

雲朵沒有說話，唐一白以為她不高興了，他解釋：「抱歉，我可以應付一個無恥的人，但我無法應付一群。」

雲朵突然好心疼唐一白……

※　※　※

唐一白選的餐廳是一家特色餐廳，以綠色有機食品為賣點。這家餐廳自稱和本市的一間有機農場合作，所有的植物類食材都沒有使用化肥和農藥，雞牛羊豬等都是用有機糧食餵養，所產的蛋奶肉絕對綠色，安全放心。

由於食材的成本很高，所以這家餐廳的價位也很高。

雲朵搭計程車到餐廳門口時，恰逢唐一白他們也剛下車。他們五個人叫了兩輛車，一個個人高馬大的人從車裡鑽出來。唐一白先看到了雲朵，朝她招招手。

雲朵走過去，好奇地問道：「你們這麼多人，怎麼沒和隊裡借車？那多方便。」

「咳，」唐一白有些不好意思，「我們都沒有駕照。」

原來真相是這樣。

雲朵看到五個人裡有兩個戴著墨鏡和口罩，臉遮得很嚴實，雖然看不清臉，但是從身高上雲朵可以判斷出其中一個是祁睿峰，另一個比祁睿峰矮一顆頭，和明天差不多高，就不知道是誰了。

唐一白向她介紹：「這是陽姊，妳見過的。」

「……啊？」

那人朝雲朵揮揮手，「妳好，我是向陽陽。」由於隔著口罩，說話聲音有點悶。

雲朵張了張嘴。所以她今天要和兩個奧運冠軍、三個全國冠軍一起吃飯？瞬間有種站上人生巔峰的感覺呢……

祁睿峰看到雲朵發呆，便用一貫囂張的口吻說：「和我們吃飯妳應該感到榮幸，有什麼不滿的！」

啪！向陽陽一巴掌拍到了祁睿峰的頭上，「你是來蹭飯的，給我謙虛點好嗎！」

雲朵都看傻了。向陽陽竟然打了祁睿峰的頭？她這樣毫不拖泥帶水地一巴掌拍上去，連猶豫都不猶豫的，霸氣啊！那可是祁睿峰！

祁睿峰撫了撫腦袋，抱怨道：「妳不要老是打我的頭。」

「好喔，下次打你屁股。」

祁睿峰：「……」

雲朵用一種膜拜的眼神看著向陽陽，把向陽陽看得有些不好意思，她解釋道：「我沒打過他屁股。」

祁睿峰覺得「打屁股」這種屬於小孩子的字眼真是有損他英明神武的形象，他不理會那兩個女人，手插口袋帶頭走進餐廳，「走啦，餓死了！」

這些人裡，最矮的明天和向陽陽也有一百七十八公分，雲朵走在他們中間，感覺自己闖進了巨人的世界。

祁睿峰和向陽陽武裝嚴密，顯然是擔心被認出來。公眾人物嘛，總是要煩惱這些的。本以為打扮成這樣連親生媽媽都認不出來，可以高枕無憂了，沒想到一進餐廳大門，他們就被認出來了。

喔，不是他們，是他——唐一白。

穿著漂亮旗袍的迎賓小姐一看到來人，立刻捧著臉激動尖叫，「啊，唐一白！」

唐一白嚇了一跳。他認真打量一下那位小姐，然後疑惑地問，「我認識妳嗎？」

「不認識啊，我是你的粉絲喔！」

唐一白有些意外。原來他已經有粉絲了嗎？

小姐又看到唐一白身邊的高大男人，她立刻反應過來，「你是祁——」

「噓——」唐一白食指擋在唇前，向她做了個噤聲的手勢，「我們只是想吃個飯，請妳不要聲張。」

小姐看著他湖水般的眼睛，臉一下子紅了。她支支吾吾地道：「對、對不起。」

「沒事的，謝謝妳。」

「不、不客氣。那我能、能……」

唐一白替她說了出來：「要個簽名？」

「嗯！」

「好的，簽在哪裡？」

小姐跑到前臺取了筆和一個粉色的錢包，「簽在錢包上吧！」

唐一白簽好後把筆還給她，然後祁睿峰踴踴地走上前問道：「需要我簽嗎？」

小姐捧著錢包笑得一臉幸福，「不用了！」

祁睿峰高大的背影微微一滯，看起來是那麼的寒風蕭瑟，孤獨寂寞。

雲朵捂著嘴巴偷笑。雖然祁睿峰戴著口罩，不過她依然可以想像到他此刻的臉色。一向只有他拒絕幫別人簽名，沒想到這次卻被人拒絕了。

他們的包廂提前訂好了，包廂裡整體的裝潢基調是復古。一進門先看到一架雕花屏風，繞過屏風後可以看到原木色的牆面和暗灰底色的織花地毯，房間正中央擺放著成套的八仙桌椅，牆角立著櫃子和古董架，架上擺著幾件仿製工藝品。天花板的顏色比牆面深一些，上面吊著幾盞薄胎陶瓷燒花吊燈，大小不一，錯落有致，燈光從薄如蛋殼的瓷面上透過，柔和而細膩，瓷面上的荷花圖案看起來特別鮮豔漂亮。

明天摸著腮幫子感嘆：「這個地方很高級嘛，一白哥真夠意思！」

雲朵走到窗前，看到那裡擺著一個直徑半公尺多的陶瓷矮缸，缸裡種著睡蓮。圓圓的翠綠葉子浮在清澈的水面上，幾朵淡粉色的蓮花高高地探出頭，像是豆蔻少女的含羞臉龐。雲朵失聲驚道：「這睡蓮竟然是真的，難怪我聞到香氣了！」

向陽陽聞聲也湊過來，兩人對著那一缸睡蓮嘖嘖稱奇。要知道睡蓮這東西比較嬌氣，對水溫的要求很嚴格，想讓睡蓮在冬天開花，是一件很麻煩的事。現在外面的溫度是零下，整個世界都是灰濛濛的，一進包廂看到這一缸盛開的睡蓮，讓人的心情指數直線上漲。

「雲朵、陽姊，過來坐。」唐一白招呼她們。

他已經幫她們拉開椅子，雲朵和向陽陽坐在一起，向陽陽另一邊是祁睿峰，雲朵另一邊是唐一白。兩個奧運冠軍都已經摘掉了口罩墨鏡，向陽陽一頭乾淨俐落的短髮，長得濃眉大眼，英姿颯爽。

坐下之後，唐一白對雲朵說：「既然那麼喜歡，不如自己養一缸。」

雲朵一聽到這個，唉聲嘆氣：「窮。」

「睡蓮很貴嗎？」

「不是睡蓮貴，是房租貴。我現在住的房子很小，還是跟人合住，如果再養睡蓮，大概只能養在馬桶裡了……」

幾乎每一個剛踏入社會的年輕人都會經歷一段手頭拮据的窘境，雲朵也不例外。所以她現在的目標是存錢存錢存錢，等明年換個條件好的房子。

唐一白若有所思地看了她一會兒，然後小心問道：「需要幫忙嗎？」

「不用不用，明年我就換房子啦。話說上次我的新聞稿上頭條，拿了不少獎金。如果你想幫助我，那就多上幾次頭條吧！哈哈。」

唐一白笑了，「好，我們一起努力。」

他們點的菜一盤盤陸續上桌，幾個年輕人邊吃邊聊。不知道是不是食材的原因，菜的味道都很好。

六個人中，鄭凌曄一如既往的沉默寡言，不過令雲朵意外的是，這次明天的話也不多，他安靜地坐著，吃東西也慢吞吞的，甚是乖巧的樣子。雲朵有些奇怪，「明天怎麼了？」

向陽陽說道：「他牙痛！」

原來如此，難怪今天沒見他吃棒棒糖，好可憐的小孩。雲朵想把自己面前的一碗燉牛肉端給他，「吶，吃肉吧，這個燉得很爛。」

唐一白卻攔住她，「不要給他吃肉。」

「為什麼？」

向陽陽簡單替她解釋了。因為現在市面上越來越多的肉含有瘦肉精，瘦肉精裡含有興奮劑陽性的物質，也就是說，如果不小心吃到有瘦肉精的肉，會有尿檢呈陽性的風險。所以國家隊一直不建議運動員在外面吃飯，尤其是有比賽的時候，這個建議就會形成明文規定。

雲朵越聽越糊塗，「為什麼你們可以吃？」

「我們是成年人，就算偶爾吃到一次瘦肉精也能很快代謝掉，明天年紀還小，正在長身體，誰知道他吃了之後體內會不會有殘留。所以我們從來不讓明天吃外面的肉製品，一次也不行，這是原則問題。」

雲朵又問：「不是說這家餐廳裡的食材都是綠色有機食品嗎？」

祁睿峰鄙視地看她一眼，「別人說什麼妳就信什麼？好笨！」

好吧，她竟然被祁睿峰鄙視說笨，也算難得了。雲朵突然想起不久前看到的那個貼文，網友說祁睿峰長著一張「中二病晚期，建議放棄治療的臉」，她現在看著祁睿峰，越看越覺得這個形容很有道理，於是捂著嘴偷笑起來。

祁睿峰哼一聲，「妳不要那麼痴迷地看著我。」

……靠，這什麼話！

一旁的向陽陽突然無聊地推開面前裝著果汁的杯子，「我們喝酒吧？」

四個男生的眼睛都亮了。大姊大發話，他們當然恭敬不如從命啦。很快，女服務生端上幾瓶啤酒，幫他們開了，鄭凌曄接過酒瓶一個個幫大家倒酒。明天已經倒掉杯中的果汁，滿懷期待地捧著空杯子去接酒，特別有自覺性。然而鄭凌曄的瓶口遇到他的杯子時，直接越過去，倒給別人。

向陽陽說道：「明天你還是未成年，不許喝酒。服務生，給他來杯熱牛奶。」

「好的。」

明天捂著腮幫子委屈道：「我不喝牛奶。」

「乖，聽話，不然打死你。」

「……」

雲朵總算發現了，向陽陽根本就是游泳隊裡的一霸，連祁睿峰都惹不起她，明天這種戰鬥力在她面前只能算渣渣。

鄭凌曄幫雲朵倒酒時，雲朵接酒瓶，「謝謝謝謝，我自己來就好啦！」

唐一白卻攔住她，自顧自把酒瓶拿過來，在她的杯子裡倒了五分之一左右，「意思意思就行了，女孩子不要喝那麼多酒。」

雲朵不服，斜眼看著向陽陽滿滿的杯子，「那陽姊呢？」

「她不是女孩子。」

……好吧。

倒完酒，唐一白覷著她，薄瓷燈光下他的眸子瑩涼如秋水。他輕聲問道：「剛才為什麼笑？」

「啊？」

「剛才，為什麼看著峰哥笑？」

雲朵打了個哈哈，「沒什麼啦。」她才不會讓他看到那個貼文，那群女色狼太重口味。

向陽陽扶著杯子輕輕碰了一下桌面，「來來來，乾杯。」

眾人便舉杯，向陽陽看到雲朵的杯子裡只有一點點酒，便說道：「雲朵，這怎麼夠，倒滿倒滿。」

祁睿峰說道：「向陽陽妳不要管她，妳以為別人都和妳一樣能喝嗎？她這麼弱。」

雲朵有點囧，她看起來很弱？左右看看，她不得不承認，跟這群運動健將相比，她的體質也只是個幼稚園畢業的水準。

向陽陽斜眼瞪祁睿峰，「叫我名字？不知道叫姊嗎？沒大沒小。」

這兩個奧運冠軍出自同一個省隊，在省隊時由同一個指導教練帶過，因此兩人其實是同門師姊弟。這層關係在上屆奧運後就公之於眾了，雲朵也知道。她本以為向陽陽是很照顧同門師弟的溫柔大姊姊，誰想到是眼前這樣霸氣的存在。不過話說回來，祁睿峰那麼自戀，真的很難讓人對他溫柔啊……

雲朵問向陽陽：「陽姊，妳和祁睿峰在省隊時就很熟嗎？」

向陽陽大大咧咧地靠在椅子上，一手扶著手臂，雲朵特別想幫她配根菸，那樣才能凸顯她大姊頭的派頭。向陽陽說：「熟什麼啊，他那時候是小屁孩一個，不符合姊的口味。」

祁睿峰最討厭別人說他是小孩，「向陽陽妳夠了，妳也只不過比我大一歲，囂張什麼！」

「那沒辦法，大一天也是大喔。」向陽陽說著，扭過頭問雲朵，「雲朵，妳今年多大？」

「二十一歲。」

「和我一樣？」唐一白看看她，「妳生日是幾月？」

「十月二號。」

「嗯，那我比妳大，我是九月五號的。」

雲朵摸著下巴，「處女座？龜毛、潔癖、強迫症，哈哈，看不出來嘛。」

祁睿峰壞笑，「他不是處女，他是處男。」

他這句話，又招來向陽陽的暴擊，「不要對女孩子說這種話，我們會害羞的！」

祁睿峰捂著腦袋抱怨：「妳哪裡有一點害羞的樣子！」

向陽陽不理祁睿峰，又問雲朵：「雲朵妳看起來對星座很有研究？能看出我是什麼星座的嗎？」

雲朵謙虛地點點頭，「只是略通一二……妳思維跳脫，多半是水瓶座的。」

向陽陽有些驚奇，「咦，真被妳猜對了。那妳猜他是什麼星座的？」他說著，推了祁睿峰一下。

「典型的獅子座。」

「哇，又對了，那凌曄呢？」

「沉默寡言，金牛座。」

「又對了！」向陽陽興奮得直搓手，「妳太厲害了！」

就連鄭凌曄也意外地看著她。

然後，明天指指自己，「姊姊妳猜我是什麼星座的？」

「活力四射，牡羊座。」

「又對了！」向陽陽激動地搖雲朵的手，「妳好厲害！我要拜妳為師！」

明天也是一臉佩服，「姊姊請收下我的膝蓋。」

「過獎過獎，」雲朵笑得一派高深，「我是記者嘛。」

祁睿峰有些納悶，「難道記者都是兼職神棍？」

「未必，不過記者肯定掌握著運動員們的資料。」

所以她哪是猜的，根本就是原本就知道嘛。

萬萬沒想到答案是這樣的，向陽陽捂著胸口，「我受到了傷害！」

祁睿峰冷笑道：「妳這個白痴！」他每次罵人「白痴」或「笨蛋」時，都有一種別樣的成就感。

向陽陽為人豪爽，活潑跳脫，很快把雲朵引為「知己」，兩人不顧男生們的勸阻（主要是阻止雲朵），喝了兩杯象徵友誼的酒。其實在座諸位除了明天都喝了不少，難得可以出來放鬆一下，他們不會錯過這個機會。相比之下，雲朵已經算很節制了。

所以大家喝得微醺，一個個眼底浮現出迷濛的醉意。只有明天神色如常，他面無表情地看看這個看看那個，然後用手機發了一則貼文：

『別人吃肉我吃草，別人喝酒我喝奶。』

一派心酸，都在這十四字之內。

過了一會兒，他收到一條來自雲朵的點讚。

雲朵還不知道自己手指一滑，對明天造成了怎樣的傷害加成。她放下手機，重新聽向陽陽神侃，然後她感覺到唐一白碰了碰她的手臂。

她回頭看他。

唐一白斜著身體，單手拄著臉側，眼睛微微瞇著，看向雲朵。雲朵看多了他英姿勃發的陽光朝氣，倒是第一次見到他這樣神態慵懶的樣子，像極了一頭飽食後的獵豹。他看到雲朵回望他，便笑，眼角吊著，眸中帶著醉態的朦朧，流溢著說不清楚的光彩。他勾著嘴角，笑容淺淺的，像是在寂靜的春夜裡悄然綻放的白色荼蘼花。

「怎麼了？」雲朵問他。她跟他也不算陌生人了，可還是會不經意間被他晃了眼。美色誤人啊，罪過罪過。

「到底是什麼？」他不依不饒地問，可能是喝醉的原因，他的聲音變得更加低柔，聽起來別樣悅耳。

雲朵佩服他的執著，這難道就是處女座的強迫症嗎？她眼珠轉了轉，問他：「唐一白，伍教練為什麼總是收走你的手機？」

「真是拙劣的轉移話題方式。」唐一白笑道，不過還是回答了。

原因很簡單啊，教練怕他們玩物喪志啊。游泳隊裡都是年輕人，有的還是小孩子，面對電子產品的誘惑時自制力總會比較低下。所以有的教練就會選擇性地收手機。什麼，你問電腦平板這類？呵，你真是想太多了……

「那祁睿峰的手機怎麼沒被收走呢？」雲朵問道。

「因為教練不一樣，袁師太比較信任峰哥。」

雲朵的注意力很快轉向別處了，「袁……師太？」

「隊裡的人都這麼叫她。」

在雲朵的印象裡，能被冠以「師太」這個稱呼的都是狠角色，袁潤梅教練看起來是很溫柔的人，說話都是溫聲細語，怎麼會是師太呢？

不過也不一定，雲朵很快就想通了，她一開始還以為向陽陽溫柔呢！

突然有些同情祁睿峰是怎麼回事……

「好了，妳的問題我已經回答了，現在該妳說了。到底有什麼好笑的？」唐一白說。

這時，向陽陽湊過來，一手搭著雲朵的肩膀，「你們在說什麼？」

其實有八卦不能分享也讓人挺鬱悶的，於是雲朵把那個貼文傳給了向陽陽。

向陽陽看得樂不可支，一邊看一邊廣播，「啊哈哈哈！一白你被摸遍了喔……哈哈哈哈，祁睿峰你這個笨蛋！」

祁睿峰一臉莫名其妙，「關我什麼事！」

明天好奇地伸脖子，「我也要看。」

「去去去，男生不能看，小孩子更不能看！」

聽起來尺度滿大的樣子……

向陽陽繼續邊笑邊廣播，「一白有人要嫁給你呢……哇，有這麼多人要嫁給你，一白你人氣很高喔，要超過祁睿峰了！」

祁睿峰相當不服，「妳怎麼知道沒有人想嫁給我？」

「真的沒有，都是要嫁給一白的。因為你有中二病嘛，這個病是不治之症，萬一被傳染了怎麼辦呢，哈哈哈哈！」

她笑得很囂張，祁睿峰一陣血氣上湧，加上喝了一點酒，於是掏手機劈哩啪啦發了條微博：有沒有人想嫁給我？

他的粉絲一看到這句話，懵了，再看這句話瘋了，開始爭先恐後地留言。

『有！』

『我願意！』

『娶我娶我！』

『我是男人可以嫁嗎？』

祁睿峰很高興，囂張地把手機擋在向陽陽面前，「看吧，數數有多少人想嫁給我，數瞎妳的狗眼。」

「走開走開。」向陽陽一巴掌拍開他，繼續圍觀那個八卦貼文，「一白，我終於知道你的粉絲都是從哪裡來的了！」

唐一白有些無奈地搖搖頭，「我也知道了，」他坐直身體，低頭看一眼手錶，「好了，我們該回去了，明天還有訓練。」

「不要，再玩一會兒，酒都沒喝完呢。」向陽陽喝多了，耍起無賴。

「帶回去給教練喝吧。」唐一白說。

眾人想像了一下他們把酒獻給教練時教練的表情，紛紛打了個冷顫。為了世界和平，我們就不要那麼做了吧……

於是大家起身，收拾東西結帳走人。到了餐廳門口，唐一白站在路邊幫大家叫車，雲朵突然接到陳思琪的電話。

陳思琪：『雲朵！祁睿峰在微博徵婚了！』

雲朵心想，我知道啊，我見證了那個奇蹟的時刻！

當然了，她不打算承認，「啊？」

『快去看微博！你們體育圈的八卦，有內幕第一個不要忘了姊妹啊！』

「喔，好。我先看看。」雲朵淡定地裝著傻。

陳思琪好像很忙，說完這個就掛電話了。雲朵剛掛電話，就接到了孫老師的電話。

孫老師：『雲朵！祁睿峰在微博徵婚了！』

我知道啊……

孫老師：『妳聽說了沒？』

「沒。」

孫老師：『妳現在能採訪到祁睿峰嗎？』

雲朵看了看祁睿峰，這傢伙即使喝多了也是一副「老子帥到外太空」的樣子，她對孫老師說，「不能。」

孫老師也沒指望她採訪到祁睿峰，他抱著一點期待問雲朵：『能採訪到唐一白嗎？』

雲朵又看看唐一白，這傢伙連背影都那麼帥氣，「不能。」

『明天呢？他和祁睿峰同一個省隊的。』

「不能。」

『鄭凌曄呢？他和唐一白同一個省隊的，應該和祁睿峰關係也不錯。』

「不能。」

雲朵快瘋了，短短不到半分鐘時間，她說了九個字，撒了五個謊言！她人生中從沒遭受過這樣的道德尷尬。

孫老師本來也沒抱持太大的希望，於是說道：『好了我知道了，妳休息吧，這個新聞我來弄。』

「好。」

唐一白叫到兩輛車，讓另外四個人先回去。「我送一下雲朵。」他說。

雲朵有些不好意思，「不用啦，你晚回去會被教練罵吧？」

他拉開車門，輕輕推一下她的肩膀，「沒事，走吧，女孩子晚上一個人回家不安全。」

雲朵心中一暖，上了車。

兩人都坐在後座，唐一白關上車門後，他滑起了手機。雲朵不經意間掃了一眼他的手機螢幕，立刻震驚了：「你你你……」

「我怎麼了？」唐一白閒閒地靠在車座上，低頭問道。

「你是怎麼找到這個貼文的？」

他的語氣有些欠扁，「我想找到，自然就能找到。」

雲朵有點尷尬。她圍觀了唐一白被意淫的過程，現在反過來唐一白又知道了她在圍觀，那感覺像是本來在人家背後偷偷看，現在突然被拎出來展示。她的臉龐有些發熱。

車子平穩地行駛著，夜晚城市的華光掠過安靜得有些詭異的車廂，被車窗過濾之後顯得有些晦暗斑斕。雲朵藉著這樣的微光偷看唐一白，發現他的神情十分專注，眼神甚至有些嚴肅，像是在看嚴謹的學術作品。

真是的，看個娛樂八卦貼文需要這樣嗎……

唐一白突然撩起眼皮，捕捉到了她偷窺的目光。

對視之下，雲朵有些慌張地偏頭看向窗外，沒有發現唐一白微微掀起的嘴角。

「雲朵。」唐一白叫她。

「嗯？」雲朵回頭看他。

唐一白覷著她，似笑非笑，「這麼多色魔，哪一個是妳？」

「喂喂喂，我沒有啊！」

「那為什麼臉紅呢？」

他一說破，雲朵的臉更紅了，她撇過臉，「總之我沒有！」

唐一白低聲笑，笑聲低沉柔和，像是暗夜裡靜靜流淌的樂章。在他的笑聲中，雲朵的臉已經紅成了麻辣小龍蝦。

真是的，怎麼這麼傻呢？他心想，雲朵說得沒錯，逗她確實挺好玩的……

祁睿峰跟明天他們勾肩搭背地回宿舍時，還十分開心地在哼歌，然後他就看到他的教練袁潤梅在他宿舍門外靠著。

她面帶笑意，卻眼冒寒光。

那一瞬間，祁睿峰感覺有一陣涼風撲面而來，酒醒了不少。

明天和鄭凌曄特別有眼力，趕緊溜之大吉。

袁潤梅笑咪咪地看著祁睿峰，「想結婚了？」

「咳。」

「你看我怎麼樣？」

祁睿峰只覺得身周冒寒氣，酒已經完全嚇醒了。他低頭小聲說：「袁老闆，我錯了。」

「錯在哪裡？」

「我不該發那條微博，我現在就刪了。」祁睿峰說著，手伸進口袋掏手機。

袁潤梅冷哼：「現在刪有什麼用？」

「呃，那怎麼辦？」

袁潤梅不答反問：「你除了不該發微博，還幹了什麼不該幹的？」

「不該、嗯，喝酒？」這一點祁睿峰不太確定，因為隊裡也沒有明令禁止不能喝酒。

「你就打算這樣站著跟我說話？」

祁睿峰聽到這句話，立刻趴在地上飛快地做伏地挺身，反應特別快。

這時伍勇走過來，靠在走道的另一面牆上，對袁潤梅笑道：「袁師太，又欺負小孩啊？」

「伍大鬍子，這裡沒你的事。」

「我知道啊，我就看看。」伍勇有些幸災樂禍，他自己也知道這不厚道，可他忍不住。

袁潤梅面露不悅，她低頭對祁睿峰說：「起來，回去寫悔過書，不得少於八百字，要求語句通順、感情真摯，把你最近三個月的所作所為總結一下。明天交給我。」

咣！祁睿峰摔倒在地上。他臉色慘白，「師太，不要啊！」

祁睿峰最怕寫悔過書了。樂觀估計，他的作文水準也只有小學三年級上下，讓他寫個八百字，比游一萬公尺都痛苦。

袁潤梅絲毫不為所動，「不許叫唐一白幫你寫。」說完，揚長而去。

祁睿峰從地上爬起來，對著袁潤梅的背影喊道：「師太，如果我寫不完怎麼辦？」

「那就不要訓練了，什麼時候寫完什麼時候訓。」

伍勇在一旁搖頭感嘆，「太狠了！」

頂尖運動員對於訓練的主動性都很強，不讓祁睿峰訓練，最先著急的肯定是他自己。所以祁睿峰只能乖乖地寫悔過書，這個過程想必十分痛苦……伍勇不忍心想下去了。坦白說，他和祁睿峰又沒有仇怨，他還挺喜歡這個孩子。他只是看袁潤梅不順眼而已。

袁潤梅走後，伍勇問祁睿峰，「唐一白呢？」

祁睿峰垂頭喪氣的，「他送雲朵回去了。」

「送……什麼？」

「雲朵，雲朵是一個人。」

「這名字，爸媽取得真隨意，」伍勇吐了個槽，又問：「是個女孩吧？」

「嗯。」

「唉，男大不中留啊。」伍勇搖頭感慨了一句，揹著手邁著小方步離去。

※　※　※

第二天，祁睿峰的一條徵婚微博果然上了各大報紙的體育版頭條。官方對此的回應是：祁睿峰的手機掉在食堂，被食堂的炒菜小弟撿走。炒菜小弟剛和盛菜小妹分手，心情抑鬱，所以用祁睿峰的手機發了條微博，藉此滿足一下男性的虛榮心。

網友們紛紛表示：手機的主人中二病也就算了，為什麼撿到手機的炒菜小弟也這麼中二？難道根本原因在於這個手機自帶詛咒效果，誰用誰中二？祁睿峰你趕緊把手機扔掉換一個！這是你戰勝病魔的唯一希望！

祁睿峰沒有看到網友們的殷切祝福，悶在房間裡寫悔過書。唐一白吃過午飯回宿舍，手裡拿了一份《中國體壇報》。

唐一白讀完「祁睿峰徵婚始末」之後，感嘆一句，「這是袁師太編的故事嗎？一定不能讓這樣的人踏足文壇。」

「不知道。」祁睿峰心情很不好。

唐一白看了一會兒報紙，突然接到一通電話。

祁睿峰聽到唐一白對著電話說：「我最近不是沒時間嗎？冬季錦標賽剛過沒多久，再一個月就是春季錦標賽，過了春節冠軍賽，再之後還要備戰亞運呢……真不是故意的，您要相信我，全天下我最愛的就是您了……別這樣，我那麼愛您，您於心何忍啊……」

唐一白聊了一會兒，掛斷電話，長嘆一口氣。祁睿峰放下筆，神情古怪地看著他，問道：「你和雲朵已經發展到這一步了？」

「胡說什麼，」唐一白哭笑不得，晃了晃手機，「我媽。」

「喔，阿姨要收拾你？」

唐一白有些無奈，「她說如果我再不回家，就讓我睡狗窩。」

祁睿峰樂了，「那你不要回家了，我想看你睡狗窩。」

其實唐一白家就在本市，並非強制性要住在訓練基地。但是他家離訓練基地太遠，運動員的時間本來就寶貴，每天浪費兩三個小時在路上，想想就頭痛，所以他平時都住在基地，只偶爾回家。他複賽以後接連不斷地有比賽，回家的次數就更少了……

然後他媽媽就怒了。

而且他媽媽到更年期了，情緒不穩定，易怒，所以她的怒氣現在是ＭＡＸ級別的。

想想就頭疼啊……

雲朵也很頭疼。她的小跟班——林梓。從入職到現在，竟然一篇稿子都沒過。讓她這個當老大的情何以堪！今天她又被劉主任鄙視了。奇怪，雲朵表現好的時候劉主任從來不誇她，一有了把柄，他老人家就各種用放大鏡看她。而且劉主任本來就不喜歡林梓，現在她和林梓的兩人組合在劉主任眼中就是「討厭啦趕緊滾」組合。

雲朵也試著把林梓往正常的道路上帶，結果林梓已經培養了一種「有老大罩著我怕啥」的可怕觀念，非常非常沒有上進心地一切依賴雲朵。稿子都是雲朵寫，他偶爾擬的標題也是狗屁不通，充滿著腦洞。有時候他拍照片，這些照片唯一的意義就是用那扭曲的攝影技術，證明他筆直的性取向。

總之，單就記者的職業要求來看，這個人一無是處。

真的好後悔當初為了幾頓飯，把這傢伙弄進來啊……雖然也對自己說不用管他，可是看他這樣扯行業後腿，雲朵真的很慚愧很慚愧……

最後，雲朵使出了殺手鐧，「再給你最後一次機會，春季錦標賽如果你再沒發稿子，我就和劉主任申請把你弄走，去別組。」

去哪個組對劉主任來說無所謂，對林梓來說卻很關鍵。他只想留在雲朵身邊，因為可以採訪游泳隊嘛。

林梓淡定地回答：「劉主任不會拆散我們的，我們倆可是整個報社他最討厭的兩個人。」

混帳，這種話就不要用自豪的語氣說出來了好嗎！

雲朵無語得很，「反正我有辦法對付你，大不了我跟報社舉報你，把你趕出去，哼哼。」

林梓有些猶豫，「不要這樣，看在我妹妹的份上讓我留下來，我妹妹很喜歡游泳的。」

「夠了，你整天說你妹妹，可是我從來沒見過你妹妹！」

林梓張了張嘴，神色有些黯然，他低聲嘆口氣，「我真的有妹妹啊。」

雲朵怔了怔，看著他的失落，她覺得自己好像說錯話了，「對、對不起。」

「沒事的，」他搖搖頭，「我會努力發稿子的。」

雲朵看著淒淒然的他，突然心軟了，「要是……實在做不到，就算了。」

「好。」

他答得那麼乾脆俐落，讓雲朵感覺自己好像中計了……

※　※　※

一月二十日，全國春季游泳錦標賽在C市舉行。現在這個時間是農曆的臘月，C市座標東北，外面零下二十幾度，所以這場比賽雖然名字是「春季錦標賽」，實際上跟春天半點關係都沒有。雲朵準備充分，在室外也差一點凍成狗。這麼冷的天氣竟然要游泳，想一想都可怕。雖然泳池的水肯定是有加溫的，可就是有心理壓力嘛……

雲朵把自己的想法告訴林梓，換來林梓的鄙視：「別裝得好像妳會游泳似的。」

雲朵覺得，這個傢伙真是越來越欠揍了。

春季錦標賽的賽事一共持續四天，比全國錦標賽少將近一半，比賽排得相當密集，可見主辦方對它的重視程度確實很一般。在這次比賽中，名將們依然選擇鍛鍊副項，向陽陽和祁睿峰都是如此。祁睿峰這次又是只報了一百公尺自由式，在一般人看來，這就好像是跟唐一白槓上了。作為相關專業人士，雲朵知道祁睿峰這樣選擇並非任性，然而許多人不這樣以為。

比如陳思琪，在電話裡跟雲朵嚎叫：『唐一白才是祁睿峰的真愛吧！』

雲朵覺得很搞笑，「唐一白不是妳老公嗎？」

『不，我已經認清形勢了，我現在是白睿派。』

雲朵好奇地問：「白睿派是什麼？」

『就是唐一白和祁睿峰的CP啊，嘿嘿嘿嘿……』

她笑得好淫蕩，雲朵忍不住起了一層雞皮疙瘩。現在當公眾人物真是辛苦，說不定什麼時候就被人湊CP了。

唐一白的兩個個人項目都排在比賽第一天，分別是五十公尺自由式和一百公尺自由式。

他的一百公尺自由式成績是48秒13，比上次的48秒04差一些。有人就開始擔心他在冬季錦標賽的成績會不會只是超常發揮，以後想游進48秒都難了吧……

這種擔心持續了沒多久，因為唐一白在接下來的五十公尺自由式決賽中，游出了他的個人最好成績21秒90，同時打平了由日本選手保持的亞洲紀錄。

真是一個神奇的選手，在主項上表現一般，副項卻打平了亞洲紀錄。

其實這也不算稀奇。短距離比賽項目的不確定性一向很大，無論發生什麼事都不用太過意外，這也是這類項目的魅力之一，因為大家差得不過是那幾十，甚至十幾毫秒，誰都有可能是冠軍，這才是最緊張的。如果是祁睿峰的項目，一千五百公尺長途奔襲下來優勢明顯，誰是第一名連豬都能看出來，為別人加油助威就像是在做無用功，好尷尬。

唐一白接受採訪時，記者們在問了幾個常規問題後，開始問八卦：「唐一白，有網友說你是史上最帥的運動員，你聽到這句話是什麼感覺？」

唐一白沒有急著回答，而是目光一轉，先看了雲朵一眼，他抿著嘴角，要笑不笑的樣子。

雲朵知道他是故意的，於是憤憤地瞪回去。

唐一白終於還是笑了，笑得很燦爛，露出整齊潔白的牙齒。他對那個記者說：「長得帥不帥是沒有意義的，我也不能用臉游泳，對吧？」

林梓在雲朵身旁悄聲說道：「其實也未必。臉小一些的話在水中的阻力相對較小，同等條件下會比臉大的人游得還快。」

這樣解釋真的沒問題嗎？臉大的人好無辜……雲朵擦擦汗，很慶幸這句話只有她聽到，否則他們要被集體圍觀了。

那個記者聽到唐一白如此回答，便解釋道：「但是你不得不承認，長得帥會比較討人喜歡，那樣你的粉絲也會多一些。」

唐一白反問道：「粉絲多了我就能游得更快嗎？」

「呃……」記者被問倒了。他有些驚訝，通常一個人知道有好多人喜歡他的話，應該會感到很高興吧？至少該說一些感謝粉絲之類的話啊……這個只有二十一歲的年輕人為何表現得如此淡定？是裝的還是真的？

記者的專業素質還是很強的，所以只愣了一下就馬上回過神，問唐一白：「所以你想對粉絲說不用喜歡你嗎？」

這個問題有些刁難，唐一白如果回答「是」，就是拒人於千里之外的不近人情，說不定又要挨罵了；如果回答「不是」，他就是在打自己嘴巴。

唐一白笑道：「粉絲喜不喜歡我是他們的自由，我沒有權利允許或者阻止。不過我想對粉絲說的是，如果真的喜歡我，就多鍛鍊身體吧，游泳是很好的鍛鍊項目。」

這番話一出，在場不少人都暗暗為他叫好。職業運動員這個群體，因為把幾乎所有的精力都投入到訓練當中，在其他方面虧欠較多，所以心思很單純，甚至比較幼稚。大家長久打滾於體育圈，見多了直來直往、情商感人的運動員，像唐一白這種口才極佳、分寸拿捏十分了得的，還真不多見。難得的是他口才雖好，但並不圓滑，依舊真誠，有一說一。

雲朵忍不住在胸前比劃了一下大拇指，這個瞬間被唐一白捕捉到，他衝她挑了一下眉。

林梓又悄聲對雲朵說：「妳是不是被唐一白圈粉了？」

雲朵橫他一眼，「要你管。」

採訪結束之後，唐一白叫住雲朵。

現在，託唐一白的福，經常跟游泳隊的記者攝影師多半都知道這個記者女孩的名字叫雲朵了。

以及，在唐一白面前不要跟這個雲朵女孩搶問問題……

雲朵歪著頭看唐一白，「什麼事？」

唐一白遞給她一張門票，「這是滑雪場的門票，一個朋友給的，我沒時間，妳拿去吧。」

雲朵相信他是真的沒時間去。她接過來，笑道：「謝謝你。」

唐一白笑容清淺地望著她，「客氣什麼。」

林梓很不合時宜地插嘴，「你為什麼只送一張？送門票不都送兩張嗎？你沒誠意。」

雲朵咬牙，「你給我閉嘴。」

唐一白並未生氣，只是收起笑容看向林梓，「如果你是她男朋友我就送你們兩張。」

「呵呵呵，」雲朵笑了，「別開玩笑了，要上輩子毀滅銀河系，這輩子才會攤上這種報應吧……」

唐一白莞爾。

一天的採訪下來，雲朵也累成了狗。她和林梓離開游泳館，走在回飯店的路上。雲朵一邊走一邊抱怨林梓，「正經問題提不出一個，抬槓你倒是一把好手！」

林梓幫她提著東西，調整步伐跟在她身邊，「別生氣了，我請妳吃飯。」

「這招已經過時了！你能不能來點新鮮的？」

「我請妳洗澡。」

「滾……」

林梓突然說道，「雲朵，我——」

「叫老大！」

林梓吃力地抿了抿嘴，每次叫一個小女孩「老大」都有種羞恥感……他說道：「老大，我覺得我們應該儘快對唐一白做一個獨家專訪，不要被別人搶先。」

「為什麼？」

「因為唐一白的崛起已經是大勢所趨，眾望所歸。」

雲朵有些奇怪，「雖然圈內人都這樣猜測，不過也沒有人敢把話說死，況且唐一白在複賽之後才比了幾次啊，你就這麼肯定？」

林梓點了點自己的太陽穴，隱隱有些驕傲地看一眼雲朵，那是理科生對文科生的終極鄙視。他答道：「靠分析。首先唐一白的項目有其特殊性。短距離比賽是全體亞洲人的弱勢項目，但凡出現一個有希望在這個領域和歐美人爭一席之地的，都會得到格外多的關注。唐一白的一百公尺自由式只是在國內這種小打小鬧的比賽裡就拿到48秒04的成績，以後在重要賽事中衝進48秒的希望很大。只要進48秒，他就有了在世錦賽或者奧運裡拿獎牌的實力。國家為了這個可能性，會傾盡資源大力培養他。第二，新榜樣的需求。我們來看看中國出身，可以和歐美人一較高下的體壇巨星。打籃球的姚明明退役了，打網球的李娜娜退役了，一百一十公尺跨欄的劉翔翔也退役了。祁睿峰本來也勉強可以成為新榜樣的，但可惜的是他的智商和情商都在標準線下，這樣的人如果成為青少年的偶像，長官們就睡不好覺了。而唐一白不同，唐一白此人十分狡詐——」

「你等一下，」雲朵打斷他，「你這什麼形容詞。」

「總之，大概的意思就是由於對新榜樣的需求，國家和人民都會對唐一白寄予厚望。所以唐一白會獲得越來越多的關注。我們應該趁現在他關注度並不算高的時候，把他勾搭過來——」

「行行行，」雲朵再次打斷他，「我挺好奇，你高考作文考了多少分？我是指國文作文。」

林梓別過臉，不想回答這個尷尬的問題，他繼續說道：「第三，唐一白是個小白臉，這樣的人很適合當全民偶像。」

「哈！」雲朵忍不住笑了，她指著林梓，「你的臉白成這樣，還好意思說別人小白臉？」

林梓面無表情地看著她。

雲朵摸著下巴點點頭，「雖然你的表述有點不切實，但是你說得還是滿有道理。我終於發現你並非一無是處了。」

「哥在預測形勢這方面無人能敵，謝謝。」

※　※　※

雲朵回去跟劉主任說了林梓的提案，劉主任說需要考慮一下，媒體圈不興預測，我們看的都是當下。

這件事要考慮出個結果來，也要等到冠軍賽之後了。

而眼下最重要的，當然就是過年放假回家啦！

雲朵的家在N市，那是一個坐飛機也要兩個小時的遙遠地方。她拖著大行李箱回到家，看到媽媽時，她張開手臂，「媽媽我好想妳！」

媽媽看她一眼，「妳終於回來了，兩點鐘去相親。」

真的很想去做個親子鑑定啊！

相親歸來她才得以感受爸爸媽媽的溫暖。不過到晚上睡覺時，她再也溫暖不起來了。

南方城市的溫度都不算低，但濕度也不低啊，還沒有暖氣，晚上睡覺時孤獨寂寞冷，還不如睡到狗窩裡去，那裡面好歹有條溫暖的身體！

雲朵在被窩裡抖了一會兒，終於含淚伸出腦袋，握著手機哆哆嗦嗦地發了條貼文：

『一回到N市，整個人都調回到震動模式了！QAQ』

很快，有好多人幫她點讚，所以這是很多人的心聲吧？

然而，更誇張的是突然蹦出來的一條留言。

浪裡一白條：我也在N市。

雲朵：！！！

她去敲唐一白，問他：你怎麼在N市？我沒聽說這邊有比賽啊。

唐一白：傻子，大年三十我比賽？

雲朵：也對。那你為什麼在這裡？

唐一白：我家在這裡。

雲朵：？？？？？你家不是在B市嗎？

唐一白：我小學時媽媽調動工作才去了B市，之前一直在N市。

雲朵：哈，那我們還是老鄉呢！

唐一白：妳才知道＝＝

雲朵：你在N市待幾天？

唐一白：三天，初三就回隊裡訓練。

雲朵：好口憐！還想帶你出去玩呢！

唐一白：好啊，帶我去哪裡玩？

雲朵有些囧，她也就客氣一下，他還認真了。她只好回道：你有時間嗎？

唐一白：初一沒有，初二有。

雲朵：好遺憾，初二我沒空。要相親……

唐一白：相親是上午？下午？晚上？

雲朵：都有＝＝

唐一白：不信。

雲朵：是真的！

唐一白：這麼急著把自己嫁出去？

雲朵：不是我，是我媽！我媽不要我了！QAQ

唐一白差一點回她一句「那來我家吧」，想了想，感覺對女孩子說這種話有點不像話，他趕緊刪掉了。

※　※　※

雲朵就這樣展開了轟轟烈烈的相親活動。坦白來說，相親是一種增長見識、開拓眼界、鍛鍊忍受力的有益活動。她一邊相親一邊在貼文裡發記錄，短短幾天感覺自己就變成了笑話高手。與此同時她也收穫了一批忠實讀者兼點讚讀者，比如向陽陽，比如祁睿峰，比如明天……游泳隊的人都這麼八卦嗎？

有一次，雲朵發了這麼一篇：

『今天晚上相到一個暴發戶二代，和陽陽姊一樣高，長得還不錯啦。他總是跟我講他因為長得帥有好多女生倒追，我就把我和某個大帥哥的合照拿給他看。然後他就不理我了……（捶桌笑）』

下面有人留言熱烈討論。

向陽陽：好奇大帥哥是誰。

祁睿峰：是我。

明天：是我。

鄭凌曄：是我。

唐一白：呵。

※　※　※

雲朵離開家的時候，媽媽塞給她一萬塊人民幣。雲朵堅持不收：「我已經自己賺錢了。」

媽媽不屑，「妳那點薪水能做什麼？不是還想換房子嗎，難道妳打算住地下室？或者跟一群人租一個房子，上廁所都要排隊？」

「……沒那麼誇張。」其實她已經做好租完房子省吃儉用的準備了。

「讓妳拿著妳就拿著，我和妳爸的錢早晚是妳的。」

雲朵十分感動，「媽媽，妳下次讓我相親，我一定會好好相！」

「難道妳這幾天都沒有好好相？」

「咳……」

就這樣，雲朵帶著媽媽資助的租房基金，踏上了回B市的飛機。

回到公司，馬上就要投入工作當中。雲朵去找劉主任瞭解關於對唐一白做專訪的討論結果，劉主任的回答不出她的意料：「我們打算等冠軍賽結束之後再做決定，」頓了頓，他又說：「妳可以先聯繫唐一白那邊。」

雲朵有些不高興，為難道：「我哪有那麼大的面子，打個招呼，人家就把專訪留給我？」

劉主任語塞。雲朵說的是實情。做新聞都喜歡搶焦點，而能夠在焦點產生之前就給予關注的並不多。假若唐一白真的有青雲直上的苗頭，媒體們定然會蜂擁而至，依雲朵的資歷，想搶到他的專訪幾乎不可能。

但是《中國體壇報》這麼大的報社，也不是只有雲朵一個記者。

所以劉主任很快堅定了自己之前的保守選擇。先看情況，到時候大不了大家一起搶。

林梓知道此事之後，感嘆道：「是不是做媒體的都這麼短視？」

這傢伙總是一句話地圖炮掉一個群體，孫老師很不以為然，「也不能這樣說，做新聞畢竟不是搞投機。我們關注的都是當前最值得關注的事件，而不是以後。」

雲朵點點頭。孫老師說得也有道理，所以她很快就想通了。不知道唐一白的專訪還能不能輪到她，看樣子希望不大啊……

※ ※ ※

二月二十八號，是公布英語四六級成績的日期。唐一白一整天都在訓練，到晚上才傳了一則查詢訊息。收到訊息後，他立刻打了電話給雲朵。

「雲朵，我的四級成績過了。」

『真的嗎？太好啦！』雲朵很為他高興。

她聲音裡透著濃濃的發自內心的喜悅，唐一白幾乎可以想像到她此刻眉飛色舞的樣子：笑的時候露出一口小白牙，兩顆又黑又亮的眼睛一瞬間彎成小月牙。

他忍不住低頭掀起嘴角，輕輕「嗯」了一聲。

雲朵又問，『唐一白，你考了多少分？』

「四百六十五分，險過。」

『已經很好啦，你那麼忙。我見過整天無所事事依然過不了四級的。』雲朵找出反面教材來鼓勵他。

「嗯，」唐一白又輕輕答了一聲，然後用一種十分鄭重的語氣說道：「雲朵，謝謝妳。」

『哈哈，你這麼一本正經的樣子我好不習慣。』雲朵打著哈哈。

唐一白呵呵一笑，故意壓低聲音，「難道妳喜歡我不正經的樣子？」

『……喂。』

他收起笑聲，「好了，不逗妳了。其實我想請妳吃飯，可是最近太忙了，所以要等有空再說。」

雲朵表示十分理解，『我知道，下個月就是冠軍賽了，你狀態怎麼樣？』

「還不錯。」

雲朵想了想，說道：『唐一白，你冠軍賽一定要好好游！』

唐一白有些奇怪，「怎麼突然這麼說？」

雲朵也不隱瞞，『因為我很想專訪你。』

他還是不解，「妳不是每次都能採訪到我嗎？」

『不是採訪，是專訪。』

唐一白沉默了一下，問道：「意思是我不能回答別人的問題，只能回答妳一個人的？」

他倒是願意配合，不過會被伍總暴打吧……

『不是這個意思，是我們單獨找個時間聊一聊，對你進行一個獨家、全面的採訪。不過現在社裡的主管還在觀望，』雲朵說著，和唐一白說了劉主任的想法，然後說：『所以我希望你這次能游出好成績。』

唐一白很鄭重地點了點頭，儘管雲朵並沒有看到。他說：「我會的。」

雲朵心想，然而就算你游出好成績，我也不一定能專訪到你啊……想想就好心塞。

唐一白問起雲朵最近租房子的情況，提到這個雲朵就有些頭疼，『還在找，看了幾家了，都不太滿意。現在騙子太多了，說得天花亂墜，實際很糟糕的。仲介也很亂，而且仲介費都要一個月的房租，所以我正在找個人出租的。不過有好多二房東打著個人的幌子亂租房子，也很亂。』

「租房子也有這麼多規矩嗎？長見識了。」

雲朵感嘆：『這就是社會啊，少年！』

唐一白又問：「妳最近的相親成果怎麼樣？」

『別提了，我相親是為了安撫我媽。我覺得我媽快到更年期了，我只要一拒絕相親，她就對我生氣。』

唐一白笑了，笑聲低沉，音色透著愉悅。他說道：「我媽也到更年期了。她嫌我老不回家，昨天還打電話說已經想好辦法收拾我了。還有我明明在B市上學，她跟別人說我去北極上學了。」

雲朵被他逗得樂不可支。

兩人聊了一會兒便掛了電話。雲朵想了一下，群發了打氣訊息給游泳隊的另外幾個朋友：冠軍賽加油↖(^ω^)↗，游出絕世無雙好成績！

很快，她收到了各種回覆。

向陽陽：冠軍賽用不著加油的，隨便游游就好嘍。

這是不思進取的。

鄭淩曄：謝謝。

這是嚴肅認真的。

明天：謝謝姊姊！我會的！亞洲紀錄即將被我捏成碎片，哈哈哈哈！（握拳）（握拳）（握拳）

這是屁話多的……

祁睿峰：妳是在對我說還是對唐一白說？

這是不在狀況內的……

雲朵：當然是在對你說了。加油！

祁睿峰：哼

雲朵：＝＝

雲朵：「哼」是想表達什麼意思？

祁睿峰：打錯了。╮(╯▽╰)╭這個表情，我喜歡這個表情。

雲朵：傲嬌哥你好，傲嬌哥再見。

祁睿峰：蛋妹再見。

雲朵：……

唐一白握著手機走進宿舍時，祁睿峰抬頭看他一眼，說道：「剛才雲朵傳了無聊的訊息給我，你有沒有收到？」

「沒有，」唐一白搖了搖頭，見到祁睿峰挑眉，他補充道：「我們通電話了。」奇怪了，說出這話時，心中那淡淡的優越感是怎麼回事……

※　※　※

第二天，雲朵收工後又要去看房子了。這次是她們公司附近的社區，走路的話要十五分鐘左右，地理位置很不錯。她之前在網路上看房子時也見過這個社區，由於價格偏高，她一直無視它的存在。經過這段時間各種看房受挫，她終於明白一個事實：一分錢一分貨。

所以貴就貴一點吧，我可是懷揣一萬多塊人民幣鉅款的人，怕what啊！

B棟，單間房，一〇二。嗯，就是這裡了。

咚咚咚，雲朵敲門。等了一下，門就開了，裡面站著一個五十歲上下的男人，個子中等，圍著一件白色的圍裙，露出灰色毛衣的領子。他的髮絲齊整，鬢間些許霜染之色，鬍子刮得很乾淨。他開門時，手裡還拎著一個炒菜匙。

雲朵朝他笑了笑，「請問這裡是路女士家嗎？」

「是，」他點點頭，「妳是來看房子的吧？我老婆剛剛打電話跟我說了，快請進。」

他讓雲朵進來之後，幫她取了雙拖鞋，然後他晃了晃手中的炒菜匙，「我還在炒菜，妳稍等一下。」見雲朵點點頭，他便轉身走進廚房。

雲朵看到他步伐沉穩，肩背挺得很直，像是一棵蒼松。她暗暗驚嘆，這個年紀的男人不發福不駝背，收拾得乾淨整齊，朝氣十足，真是難得。

她換好拖鞋，直起腰朝客廳內望去，這一看之下，她嚇得嘴巴張圓了。

客廳收拾得特別乾淨整潔。窗明几淨，地板也擦得很亮，一絲灰塵都看不到。如果只是乾淨，那也不算難得，任何一個有潔癖的人都可以做到，可是這個客廳除了乾淨，還很整齊，整齊得有些過分。沙發上的抱枕規規矩矩地立靠著，間距完全一樣；茶几上只擺著一個插著鮮花的玻璃花瓶，放在桌面黃金分割線的位置；電視櫃上除了電視什麼都沒有，雲朵甚至找不到他們家的遙控器藏在哪裡；至於隨處擺放的小擺飾，一個都沒有。

牆上掛著一幅巨幅婚紗照，從年紀來看，多半是夫妻後來補照的。婚紗照上的女主人長得很漂亮，有種歲月沉澱獨特的雍容婉麗。

整個客廳的陳設顯示出一種井然的秩序感，傢俱們像是排好隊，等待檢閱的方陣。在這井然的方陣中，走出了一個檢閱者。一個胖胖的、身形矯健的、油光水滑的……哈士奇。

雲朵的下巴快掉下來了，這隻狗是哪裡冒出來的？根本不是同個畫風的啊！還有，這家裡有狗，怎麼還收拾得這麼乾淨？怎麼做到的？

真是百思不得其解。

哈士奇的智商在整個寵物界都聞名，牠見到雲朵很高興，吐著舌頭、搖著尾巴走過來，仰頭看著她，一臉「愛我你就摸摸我」的蠢樣。雲朵絲毫不懷疑，如果家裡進了賊，這傢伙同樣會如此熱烈歡迎那個不速之客。

哈士奇堅持仰頭看著雲朵，雲朵被牠的執著感動了，伸手拍了拍牠的頭。牠很高興。

這時，男人的菜也炒好了，他走出來時，已經脫掉了圍裙。看到哈士奇，他說道：「你怎麼出來了？回去。」

哈士奇沒有聽他的話，圍著雲朵轉圈圈。

男人笑道：「牠很喜歡妳。」

他帶著雲朵走進客廳，雲朵說道：「你家收拾得太整齊了。」

「嗯，我以前當過兵，收拾習慣啦。」

原來如此。雲朵跟著他在客廳裡轉了一圈，又去看臥室。這套房子是三室兩廳，其中一個臥室用來做書房，主臥是他們夫妻自己住，準備租出去的是次臥。

臥室的陳設比較簡單，一套桌椅，牆上嵌入推拉門的壁櫃，無形間節省了很多空間，使臥室顯得寬敞不少。床單和被套是同一套，海藍色，上面印著簡易的浪花圖案，被子疊成了豆腐塊，整整齊齊地放在床頭。

牆上貼著兩張海報，一張是科比，一張是魯夫。

「這之前住的是一個男孩吧？」雲朵看著科比的海報問道。

「是啊，床單被套都洗過了，妳如果介意可以自己換。」

雲朵搖搖頭，「沒關係。」她知道床單被套已經洗過，這位愛乾淨的退伍老兵是絕對不會放過它們的。

她問道：「如果我住在這裡，可以自己裝飾這間房間吧？我不想讓科比看著我睡覺……」

他笑道：「當然可以。」

然後他又帶她看了廚房和衛浴，如果租了房子，這間衛浴基本上就是雲朵自己用，因為他們夫妻的主臥自帶衛浴。看完，雲朵表示很滿意，然後就是談價錢了。雲朵不太好意思喊價，紅著臉憋半天憋了一句，「能不能再便宜一點呢？」

他笑道，「我做不了主，妳稍等一會兒，我老婆馬上回來。」

他話音剛落，外面傳來開門聲。雲朵扭頭，看到一個女人推門走進來。

女人正是婚紗照上的那一個，她的身材高挑挺立，膚色很白，化著精緻素雅的妝容，進門後看到雲朵，她並不意外，只是朝她點點頭，「來了？」

「嗯。」

「老婆，」男主人對她說道：「這個小女孩想租我們的房子，問能不能再便宜些。」

女主人走過來，打量雲朵一番，問了她幾個問題。年齡、工作、學歷、老家在哪裡、月薪多少。問到月薪時，聽到雲朵說了一個很微薄的數字，她微微皺一下眉，沒好氣道：「現在的公司都這麼小氣嗎，虐待小孩！」

她說話的氣勢很足，像是經常訓人的樣子。雲朵輕輕抖了一下肩膀，「咳，所以房租……」

「便宜妳兩百塊人民幣吧，拿這些錢買點化妝品。妳沒化妝吧？」

「沒有。」雲朵覺得自己被鄙視了。

「年輕就是本錢啊，」她嘆了口氣，「簽合約吧，還杵在這裡做什麼？」

「啊？喔，謝謝謝謝！」

男人還有些猶豫，「老婆，真的要租嗎？」

「租，又沒人住，為什麼不租？」

雲朵高高興興地簽了合約。雖然這位阿姨從進門就沒有好臉色，但是她能乾乾脆脆一口減掉兩百塊錢，說明她是一個心地很好的人。雲朵覺得自己碰了這麼多次壁，終於走運了一回。

簽完合約，押一付三，數了一疊錢給對方，雲朵便告辭了，約定週末搬過來。她走的時候男主人帶著哈士奇送她到門口，哈士奇依依不捨地蹭了蹭她。

雲朵摸了摸哈士奇的頭，笑問：「牠叫什麼名字？」

「二白。」

雲朵覺得這名字有點怪。哈士奇傻倒是挺傻的，可牠一點都不白啊……

※　※　※

週末，雲朵要搬家了。本來陳思琪還想來幫忙，雲朵告訴她不用了。其實「搬」的工作都由搬家公司來做，她只要整理東西就好。陳思琪正在跟蹤某個大明星，不能耽誤了這位的娛樂事業。

房東夫妻倆人都在，雲朵叫他們「叔叔」「阿姨」。阿姨姓路，叔叔姓唐。

真巧，和唐二白同姓。

雲朵摸了摸後腦勺，怎麼突然想起這個呢？

路阿姨正閒閒地靠在沙發上看電視，沙發很軟，她的身體陷下去，折起來的腿顯得格外修長。她一手搭在沙發扶手上，神情慵懶卻氣場十足。

可惜的是趴在她腳邊的那個蠢狗太不爭氣，一臉傻樣，直接拉低了女主人的格調。

二白看到好多人來牠家，特別高興，搖著尾巴過來。然而，搬家工人的注意力都在大箱子上，沒有看到牠，一不小心踩了牠的腳。

牠慘叫一聲，滾回了女主人的腳邊。

雲朵忍俊不禁，真的很想摸摸牠。

她一個下午都在房間整理東西，整理到一半時，她看到二白拱開門走進來。牠脖子上掛著個柳條編織的籃子，籃子裡有一個白色的陶瓷盤子。然後……沒有然後了。

雲朵不知這是何意。

二白搖著尾巴輕輕嗅她，討好的意思很明顯。

雲朵無法做到跨物種溝通。她摘下籃子，走到客廳問坐在沙發上的路阿姨，「阿姨，這個……」她一手提籃子，一手把白色盤子拿出來，「這個是有什麼象徵意義嗎……」

這時，唐叔叔從廚房走出來，手裡捧著一盤鮮豔草莓。看到雲朵舉著空盤子，他驚訝道：「咦，妳這麼快就吃完了？看不出來嘛，小女孩身懷絕技。」

路阿姨面無表情，「都被二白吃了。」

所以說，其實盤子裡本來裝著草莓嗎？雲朵有些囧，扭頭看一眼身後的二白，牠正趴在地上，把臉扭到一旁，假裝沒有看到他們，或是他們看不到牠。

路阿姨擰了一下眉，「牠偷吃過多少次了，你怎麼還相信這蠢狗？」

唐叔叔呵呵一笑，走過來把草莓放到她面前，他坐在她身邊，「這就是父愛如山啊。」

雲朵抿嘴笑了笑，把東西放回廚房。

這邊，路阿姨問唐叔叔：「你怎麼不自己送過去，讓一條狗送？」

「我怕妳想太多。」更年期的女人你惹不起啊，惹不起。

路阿姨好氣又好笑，「你先照照鏡子再說這種話，老男人一個，我有什麼不放心的。」

「我是老男人，妳就是老女人。」

「……找死！」她作勢要打。

「老婆我錯了，」他笑道，「我老婆永遠十六歲。」

這話太肉麻了，路阿姨聽不下去，用力推了他一把，「滾一邊去！」

唐叔叔被推開之後又坐了回來。

雲朵順手把那個裝草莓的盤子洗了。她出來路過客廳時，看到他們有說有笑，眉梢間帶著那種只有夫妻間才有的熟悉和默契。他們感情真好啊，她心中感嘆。

路阿姨突然叫住她，「雲朵。」

「是！」雲朵猛地轉身，差一點脫口而出「您有什麼吩咐」。不怪她啊，這位阿姨的氣場有點強，總讓她想起社裡的主管，不自覺地就想服從。

「著急什麼，先吃點水果。」

「嗯。」雲朵點頭，走過來，彎腰揀了一顆小一些的草莓來吃。

「怎麼不坐下？」

雲朵答道：「我身上還有灰塵。」

路阿姨也就不要求她坐下了。唐叔叔一邊吃草莓，一邊對路阿姨說，「妳把房間租出去了，豆豆回來住哪裡？」

路阿姨沒好氣道：「讓他跟二白擠著睡。」

雲朵有些疑惑，「豆豆是一隻貓嗎？」

「不是，」唐叔叔無奈地搖了搖頭，「豆豆是我們的兒子。」他說到這裡，也不知道怎麼跟雲朵解釋他兒子和他老婆之間無法調和的矛盾。家家有本難念的經，還是不要為外人道了。想到這裡，他嘆了口氣不再說話。

雲朵很識趣地沒有追問下去。

她吃了幾顆草莓，向夫妻兩人道了謝，又回房間收拾東西了。

雲朵走後，唐叔叔對路阿姨說：「這個小女孩挺不錯的。」細節看人品，這句話沒錯。比如她吃人家草莓時只吃小的，比如她知道自己身上有灰塵就堅決不坐沙發，比如她聽出人家話裡的難言之隱就很體貼地岔開話題……這些細節表明她是一個有禮貌、有教養的孩子。

路阿姨聽到此話，輕輕一揚眉，「有問題我會讓她住進來？不看看我是誰，看人從來沒有失誤過。」

唐叔叔笑著又一頓猛誇，誇完之後，他才試探著問：「要不要我在書房加一張折疊床？狗窩那麼小，裝不下豆豆一條腿……」

「隨便你。」

他又問道：「那，這件事到底要不要告訴豆豆？」

「不用，」路阿姨冷笑，「等他自己發現這個驚喜吧！」

※　※　※

三月二十五日，全國游泳冠軍賽暨亞運會預選賽在Q市舉辦。泳壇的重要國際性賽事，世錦賽兩年一次，亞運會四年一次，奧運四年一次，四年四場重大比賽組成一個循環，所以每年的冠軍賽都是針對當年重大賽事的選拔賽。

今年是亞運年，中國在亞運會中是巨無霸級別的存在，備戰亞運總比備戰奧運的壓力要小很多，因此許多知名運動員的精神狀態相當放鬆，向陽陽說的「隨便游游」倒也並非開玩笑。

這些人裡並不包括唐一白。

唐一白在這段時間很認真訓練。好吧，其實他以前也很認真，可是祁睿峰總覺得他最近更認真了。他忍不住對唐一白說：「你的名額已經定下來了，不用那麼拚吧？」

「我的比賽經驗太少了，應該多磨練。」唐一白答道。

祁睿峰嘆口氣，沒再說什麼。

冠軍賽的持續時間比春季錦標賽延長了將近一倍，因此賽事也就顯得不那麼趕了，不會出現五十公尺自由式和一百公尺自由式同一天比的尷尬。唐一白的主項一百公尺自由式分布在兩天，前一天預賽和準決賽，後一天決賽。在他的主項目開始之前，明天和鄭凌曄的比賽項目先開始了。

明天的男子一百公尺蛙式獲得金牌，他在決賽的成績是59秒65，刷新了他的個人歷史最好成績。不過這個成績也只是輕輕地捏了一下亞洲紀錄，並沒有將其捏碎。亞洲紀錄是日本選手保持的58秒95，已經五年無人能打破。這個紀錄也曾一度是世界紀錄，後來被英國選手打破。所以明天破不了這麼強大的紀錄，實在可以理解。

相比明天上躥下跳的發揮，鄭凌曄的成績一直很平穩。這次的一百公尺蝶式也拿了金牌，成績同樣距離亞洲紀錄有一點點距離。而亞洲紀錄的保持者，同樣是日本選手……

沒錯，日本選手雖然長得矮，但他們的游泳確實很強大，這簡直是一個奇蹟。

但是這個奇蹟不會發生在短距離自由式上。他們的仰式、蝶式和蛙式都很厲害，在世錦賽、奧運等世界級的賽場上，四乘一百公尺混合式接力時，日本選手前三棒積累下來大幅領先的情況多次發生，可每每到了第四棒自由式，他們就會被瞬間反超，實在是哭都沒得哭。短距離自由式是爆發力極強的比賽，可是他們總在這種爆發中啞火。

沒辦法，一點辦法都沒有。不只他們沒辦法，全亞洲人都沒辦法。

在唐一白出現之前，短距離自由式就是亞洲人的死穴，就是無解的存在。

那麼唐一白出現之後呢？

雲朵想到一個不得了的可能性，心情忍不住雀躍了，像是春天晴朗的陽光，像是風平浪靜的海上的帆船，像是一早迎著日出飛翔的白鴿……

她傻笑了一會兒，隔著玻璃牆望向那邊的檢錄區。

檢錄區裡，唐一白正在等待檢錄。他穿著普通的運動服，閒閒地靠在牆上，正低頭看手機。隔得那麼遠，裡頭那麼多人，雲朵還是能一眼找到他。總覺得他比別人出眾，身形比別人好看。

唐一白像是感覺到了什麼，他抬起頭，透過玻璃牆，他也看到了雲朵，於是對她揮揮手，笑了。

「啊啊啊！」

雲朵聽到身後觀眾席上的小女孩們低呼，她們捧著滿面紅光的臉，幸福地說：「他在對我笑！」

「不對，是對我笑！」

「我！」

「在看我！」

好吧，就為了這點小事，她們也能吵起來。

雲朵轉頭繼續看唐一白，朝他握拳，做了個加油的手勢。覺得握一拳不過癮，她兩個拳頭都握起來，那一瞬間像是被大力水手附了身。

唐一白笑得很燦爛，他低頭，手指動了幾下，雲朵很快收到他的訊息：像個大猩猩。

雲朵：＝＝

雲朵：你有手機了？

唐一白：峰哥的。

雲朵：都學會換號了0.0

唐一白：~(@^_^@)~

雲朵：你不要賣萌！你可是男神！高冷模樣擺起來！

唐一白：……

雲朵：準備得怎麼樣？

唐一白：等著尖叫吧！

社裡對這次的比賽很重視，除了雲朵和林梓，還派了孫老師和另外一個資深記者錢旭東來。林梓相當於一個廢物，可以無視，本來社裡外派的記者根本沒有他，因為他創造的價值還比不上那兩張機票錢。不過林梓財大氣粗，不在乎那點錢，自掏腰包來了。

錢旭東很受劉主任器重，雖然為人有些自負，但確實有才華。他這次來冠軍賽，除了要採訪那些知名運動員，還有一個任務：如果唐一白成績不錯的話，他要試著和唐一白及其教練伍勇約一下專訪。

晚上七點整，男子一百公尺自由式決賽開始。雲朵待在出發臺後方貼近觀眾席的位置，這個位置的好處是可以拍到選手們後半段衝刺時的正面照，可以捕捉到他們觸壁後那一瞬間的表情，不足之處是，不像泳池側方的視角那麼好，能夠一覽比賽全域。

其實雲朵也想去側方看比賽，不過好位置當然要留給主管……所以錢旭東和孫老師在側方，只有林梓陪著她在後方。

這次冠軍賽，記者們的活動範圍很大，但不能靠近泳池。即便是出水後的採訪，他們也只能留在圍欄之外，隔著圍欄採訪運動員，就像是動物園裡的麋鹿被遊客投餵那樣。

說話間，運動員入場。唐一白排在第四位，出來時大步邁著長腿，一邊走一邊將運動服上衣的拉鍊一拉到底。簡簡單單一個動作，換來了觀眾席某處一小撮妹子的尖叫。

雲朵離她們很近，感覺自己像是被聲波武器轟炸到了。她揉了揉耳朵，心想，唐一白也是有粉絲的人了啊！

雖然很少……

唐一白把衣服脫得只剩一條泳褲後，站在出發臺旁。他的身高在運動員中並不算突出，但他卻最容易吸住人的視線。因為他的身材比例很好……呃，也不能這麼說，至少唐一白覺得他身材比例不好，腿太長。正是由於偏長的腿，使他的比例近乎於黃金比例，最迎合一般人的審美標準。

他站在了出發臺上。

這是雲朵第一次在這個角度看他比賽。她只能看到他的背面。肩膀又寬又平，結實的上臂三角肌束微微隆起，飽含著勃勃力量。寬闊的後背，流暢勻稱的背部肌肉覆蓋在蝴蝶骨上，脊柱處微微凹下去，像是一條小小山谷，山谷一路向下，帶著薄而堅韌的背闊肌，形成一個起伏的線條，隨著窄窄的腰身一起延伸至黑色的泳褲。兩條筆直的長腿，流暢的線條像是水銀沿著緩慢起伏的山巒傾瀉而下，線條下包裹著結實漂亮且極具爆發力的肌群。

雲朵突然想起曾經聽過的一句話：「人體之美為美中至美。」人類是萬物之靈，是大自然最傑出的作品。人體的每一塊骨骼，每一束肌肉，每一處關節，都經歷了千萬年漫長時光的淬煉，都是力與美的最佳結合，是實用與美學的完全呈現。自然界中有那麼多驚心動魄，那麼多巧奪天工，然而它們也只是人們於眼界之外所觀看到的驚豔，若論極致的美，只有人類自身。

而游泳運動員的肌肉，當屬這至美中的至美。它們勻稱、協調，像是無數個零件組合成的儀器，精密而高效。它們蘊含著蓬勃的力量，卻也不會因此失去肌理的美感。這樣的肌肉有著澎湃的生命力，是健身房裡永遠練不出來的。

雲朵感嘆了一會兒，舉著相機拍了運動員們的背影，她問身旁的林梓，「你覺得誰的肌肉最好看？」

「我的。」

「滾……」

這時，她身後那一撮唐一白的忠實女粉絲捧著臉感嘆：「啊啊啊，臀部好性感！想摸！」

雲朵紅著臉低頭，默默地幫妹子們點了個讚。

出發臺上，唐一白已經做好準備動作，像是蓄勢待發的獵豹，比賽槍聲一響，幾乎在一眨眼的瞬間，他已經完成入水動作，雙臂筆直前伸，如一隻銳利的鷹隼，直刺入水面。在四濺的水花之中，水下的身影飛快打腿，如一隻白色海豚快速搖擺著尾鰭，速度快得讓人眼花繚亂。

藍而清澈的水中，他的身形靈敏而漂亮，像一條美人魚。

雲朵突然覺得，這個人天生就該屬於水。

她放下相機，盯著泳池中的身影。今天祁睿峰沒有參賽，唐一白完全沒有競爭對手，他幾乎是一入水就開始領先，隨著賽程的進行，這個領先優勢逐步擴大。

冠軍花落誰家，已經毫無懸念。

然而雲朵卻越來越緊張。她盯著他，眼睛一眨也不眨，甚至忘了呼吸。不知道是不是錯覺，她總感覺他游得太快了，太快太快。

唐一白已經轉身，朝著出發點游。翻騰的浪花被他劈開，留下身後不斷流蕩的波紋，泳鏡的鍍層反射著水面分隔繩的顏色，妖異的紅色。

雲朵聽到了自己心臟瘋狂鼓動的聲音，皮膚下血管裡的血液呼嘯著奔騰，太陽穴突突直跳，大腦已經無法思考，有的只是他的勢如破竹，所向無敵。她盯著他，突然高喊：「唐一白，加油！」

一聲吼叫把周圍的人嚇一跳。記者們都秉著公正客觀的態度，很少幫運動員加油。林梓輕輕拉一下雲朵，「不要胡鬧，要有職業素質。」

雲朵不管，相機塞到林梓懷裡，她兩手放在嘴旁作出喇叭狀，跳著腳不停地喊：「唐一白！加油！唐一白！加油！」

唐一白像是一個瘋狂的馬達，在最後二十五公尺時再次加速，「嗖」地一下，轉眼游到終點。

觸壁之後，他摘掉泳鏡，第一時間去看電子螢幕。

此時現場的解說已經幫他說出了那個答案：「47秒88！47秒88！這刷新了賽會的最佳成績，刷新了他的個人最好成績，打破了他自己保持的亞洲紀錄！短短三個月，他將亞洲紀錄再次向前推了0.16秒！他衝進了48秒，這是歷史性的一刻，亞洲人，也能游進48秒！唐一白，今夜他是這片泳池的王者！」

唐一白很給面子，配合著解說握了握拳。腦子一抽，他想到剛才被他嘲笑為「大猩猩」

的雲朵，然後他也兩手握起拳，朝著攝影機晃了晃。

「啊啊啊！！！」雲朵和那群女粉絲一起尖叫，「47秒88！47秒88！」

林梓抱著相機躲在一旁，假裝不認識她。

唐一白上岸之後，擦乾了身體，腰上圍著一條深藍色的浴巾，休息了一下子，他走到媒體等候區這邊接受採訪。

雲朵因為剛才太激動，現在臉蛋還紅撲撲的，眼睛亮亮的，蒙著一層濕潤的水光。

唐一白覺得這樣的她特別像盛夏熟透的水蜜桃。他朝她笑笑，動動嘴唇，用口型問她：帥嗎？

切，好自戀！雲朵扭過頭假裝沒看到他。

孫老師和錢旭東他們都已經趕過來，但是大家要先等中央電視臺和當地省臺的採訪完畢才能提問題。這是賽會主辦方的規定，唐一白只能遵守。

那兩個電視臺簡單採訪完之後，錢旭東見縫插針當先提問，「唐一白，首先恭喜你再破亞洲紀錄，請問今天這個紀錄是你的超常發揮還是正常發揮呢？平時訓練能游出這樣的成績嗎？」

唐一白沒有回答，而是看了一眼雲朵。

與此同時，錢旭東發現，周圍有不少記者都在用一種奇怪的眼神圍觀他，那表情像是在說：這個人真不懂規矩。

這種被人視為格格不入的待遇，他只在剛入行的時候體會過。錢旭東有點懵，不知道哪裡出了問題。

他左看看右看看，雖然自己明明什麼都沒做錯，卻還是被人看得有些心虛，他奇怪道：「怎麼了？」

有一個年紀不大的女記者問雲朵：「雲朵，妳沒有問題嗎？」

雲朵好不尷尬。錢旭東的名牌剛剛摘下來放在口袋裡，他有段時間沒跑游泳項目，這使得現在有許多人沒認出他，另一部分的人也許認出來了，但也沒說話。於是造成了現在這個詭異的情況……

錢旭東有些惱火，「雲朵，這是怎麼回事？」

「呃，」雲朵看著唐一白，「這位是我們社的資深記者，錢老師。」

如果唐一白是祁睿峰，大概會認識錢旭東，至少會覺得眼熟。可惜他是唐一白，好幾年不混比賽圈了，誰都不認識很正常。

「嗯，你好，」唐一白朝錢旭東點點頭，「抱歉，我只是想知道你是誰。」一句話幫雲朵掩飾了尷尬。他知道不能讓雲朵得罪社裡的前輩，因此很認真地回答了錢旭東的問題。

錢旭東這才覺得面子上好看一些。

過了沒一會兒，有志工過來通知唐一白，等等領完獎要為男子一百公尺自由式比賽舉辦新聞發表會，請他屆時參加。

唐一白點點頭，採訪到此為止。

賽事的新聞發表會有些是固定的，比如祁睿峰的項目；有些是不固定的，一般是在出現比較搶眼的情況下臨時決定，比如唐一白的項目。今天47秒88這個數字意義非凡，很值得開一場發表會。

記者們這就散去，唐一白卻並未急著走，他叫了一聲她，「雲朵。」

「嗯？」

周圍不少記者都滿臉八卦地看著他們。

雲朵有點囧，「什麼事？」

唐一白挑眉，笑吟吟地望她，「都不恭喜我？」

Yooooooo……

這是許多記者的表情，既八卦兮兮又一臉了然，很銷魂。

這個氣氛不太對啊……雲朵有些莫名，但還是對唐一白說：「恭喜你，這個成績真的很棒。」

他又笑問：「有沒有幫我加油？」

「沒有。」她否認得很徹底。

然而——

「她加了，我聽到了！」

「我也聽到了，哎呦，她連相機都扔了喔！」

「是啊，我也聽到了，嚇我一跳！」

不愧是記者，實事求是的立場太堅定了，此刻聽到雲朵扯謊，毫不猶豫地站出來揭發她。

雲朵簡直要哭了，大家都不容易，記者何苦為難記者啊！

唐一白輕笑一聲，緩緩掃了一眼雲朵，得意地飄走。

目送走唐一白，錢旭東的臉色很不好看，「雲朵，妳和唐一白到底是什麼關係？」

雲朵連忙解釋，「我們是普通朋友，他這個人喜歡開玩笑。」千萬不能讓主管們誤會她和唐一白的關係啊！

也不知錢旭東信不信，反正接下來他一直很沉默。

唐一白的新聞發表會開完之後，錢旭東沒有回賽場採訪，他去找了國家游泳隊的領隊。

劉主任這次之所以派錢旭東過來，也正是因為他和領隊滿熟的，想專訪唐一白，走領隊的門路，成功率更高一些。

然而領隊的回答讓錢旭東有點小失望，「已經有不少媒體找過我了，說實話我誰也沒幫，你們去找伍教練吧，他比較瞭解唐一白，這件事讓他們自己做決定。」

錢旭東只好去找伍勇。結果，伍勇比領隊乾脆多了：「不好意思，關於專訪我已經定下來了。」

錢旭東悻悻而歸。回來時看到雲朵沒心沒肺地跟孫老師、林梓說笑，他實在是氣不過。這種怒氣很沒道理，他在唐一白那裡碰了壁，而唐一白又對雲朵另眼相看，所以他就看雲朵不太順眼。

雲朵沒感受到錢旭東的不悅，她還傻呼呼地問他能不能拿到專訪。

哪壺不開提哪壺！錢旭東沒理她。

另一邊，伍勇所謂「我已經定下來了」也只是初步確定。他聯繫了兩家電視臺，還沒有確定要選哪一家，想發揚一下民主精神，回去問唐一白。

其實主要原因是他有點選擇障礙，不知道選哪個好。

結果呢，他一問唐一白，唐一白搖搖頭，「能不能兩個都不選？」

伍勇一瞪眼，凶巴巴地問他，「那你選什麼？」

「《中國體壇報》。」

「不行，電視臺的宣傳比報紙好。」

唐一白睜大眼睛看他，拿出了賣萌的精神，「伍總，我一直很聽您的話，這次能不能聽我的？」

伍勇狐疑地盯著他，「你先告訴我，為什麼一定要選《中國體壇報》？」

「我想把我的第一次專訪送給《中國體壇報》的雲朵，獨家。」

Yoooooo……

伍勇也是這麼銷魂的表情，然後他八卦兮兮地問他：「說老實話，你跟那個叫雲朵的小女孩，到底是什麼關係？」

「她幫我過了英語四級。」

伍勇一瞪眼睛，「不是女朋友？你太讓我失望了！」

伍勇和唐一白正說著話，見到袁師太從他們身旁路過。袁師太看到唐一白，朝他點點頭，「一白今天發揮得很好。」

唐一白謙遜地微微低頭，「謝謝袁師太。」

伍勇得意了，眼睛裡冒著賤兮兮的光芒。他問袁師太，「怎麼樣，服不服氣？我伍勇教導出來的孩子，新的亞洲飛魚！搞不好就是下一個奧運冠軍嘍。」

袁師太微微一笑，氣定神閒地對唐一白說：「你要是跟著我，早就成為世界冠軍了。怎樣，有沒有興趣？」

伍勇臉一黑，「有人像妳這樣挖人的嗎？當我是死的？」

唐一白知道袁師太在和他開玩笑，笑道：「袁師太，峰哥一個就夠您頭疼了，我就不給您添麻煩了。」

「倒也是。」袁師太點點頭，飄然離去。

從始至終都沒看伍勇一眼。

無視，總是比針鋒相對更加讓對手難堪。

伍勇很生氣，唐一白感覺到他短短的鬍渣都在晃動。伍勇指指袁師太的背影，「這人，這人……」

「伍總您放心吧，我會永遠追隨您，」唐一白連忙安慰他，「不過我說句實話，您真的不是袁師太的對手……」

袁師太這個人很特別。她今年四十三歲，至今未婚，身材嬌小，表面上特別像個溫婉可親的小女人，實際上身體裡卻住著一頭哥吉拉。唐一白親眼見過袁師太打祁睿峰。那次祁睿峰做了很傻的事，暴怒的袁師太想抽他耳光，結果很尷尬地搆不著，最後是祁睿峰蹲在地上讓袁師太抽……現在想想都覺得淒慘啊，當時唐一白趕緊回避了。

如果好朋友正在經歷什麼不堪回首的事，回避並永不主動提及，是比安慰更好的選擇。

比起袁師太，伍總雖然看起來很可怕，但從來沒打過他。單憑這一點，唐一白就相信伍總不是袁師太的對手，他不夠狠。

伍勇還想吐槽袁師太，可是人都走了，他在背後和一個小年輕吐槽她，顯得太弱，於是擺了一下手作罷。

唐一白猶豫地說：「伍總，明天我想回家一趟，等閉幕式再回來，可以嗎？」

「家裡有事？」

「不是，」唐一白搖了搖頭，「我很久沒回家了，而且我媽媽最近都沒打電話罵我，這不像她，我擔心她在計劃什麼招數整我……」

伍勇有些無語，「好，回去吧，也不用參加閉幕式了，來回跑太麻煩，我會跟隊裡說。」

唐一白很高興，「謝謝伍總！」

「專訪的事情自己看著辦，我不管你了。該說什麼、不該說什麼，你自己心裡有數。」

「嗯。」

伍勇想了想，也沒什麼可交代的了。相比其他運動員，唐一白特別讓人放心。其實伍勇滿羨慕袁師太的，因為祁睿峰那孩子天天捅婁子，運動員有危險，教練才會有強烈的被需求感，這是他們的價值所在。唐一白呢？這小子心智早熟，心理很強大，有時候他這個當教練的還需要他來開導，媽的……

※　※　※

晚上，唐一白和祁睿峰一起坐巴士回飯店。祁睿峰今天沒有比賽，來現場是當觀眾的，幫隊友們助助威。他看到唐一白時，重重打他一拳，「幹得漂亮！」

唐一白笑笑，今天他收到好多這個評價。

車廂內很昏暗，兩人並排坐著，唐一白看向窗外。Q市是一座濱海城市，城市建設很年輕，道路寬廣，樓宇高大。散發著淡黃光芒的路燈像是一顆顆浮動的金色珍珠，點綴著這座漂亮的城市。路燈的光芒末端，是烏濛濛黑漆漆的，一片混沌，有如時空的黑洞一般，望之使人生畏。

那是大海。包容一切，吞噬一切的大海。

祁睿峰突然問道：「你見過海嗎？」

「見過。」

「在哪裡？」

「後海。」

「混蛋。」

唐一白笑了笑。他換了個姿勢，完全面對著車窗外。那些迷離撩人的五光十色飛快地在眼前滑過，唯一不變的是沉默而堅定的大海。

他沒有說錯，他真的看過海。三年多前，同樣是這個城市。他帶著一張罰單，一條傷腿和一肚子的委屈和迷茫，來到這個城市。他心想，從七歲到十八歲，他在水中游了十一年，但他卻從來沒有見過海，那是多麼遺憾。所以他想在夢想即將走到盡頭時，看一看大海，看一看這天下最寬廣的水。

那是怎樣的情形呢？一望無垠的水面占滿天際，見者無不為之胸襟遼闊。奔騰著、咆哮著、嘶吼著的海浪如巨獸一般不斷撞擊著海岸，層層疊疊，捲起千堆雪。

海浪像是拍在了他的心房上。

他心想，我為什麼要相信命運那種胡扯的東西？我的命，我的運，都握在我自己手裡。我跌倒了，再爬起來就好。接受一切，包容一切，才能戰勝一切。這世上根本沒什麼枷鎖，一切的枷鎖，都是人自己幫自己的心上的鎖。我想要什麼，我就去拿，我不信我拿不到！

在人生的道路上，苦難就像層出不窮的怪獸，沒什麼稀奇。如果遇到，揮劍砍下去就好。

往日的心情激動，現在想來，卻是一片淡然。唐一白望著視線盡頭的那片黑暗，默默地想，下次一定要在海裡痛快地游一游。

祁睿峰突然說道：「我今天看到雲朵替你加油了。」

「是嗎？」他換回背靠著座椅的姿勢，扭頭看祁睿峰。

「是，她跳得很高，真像隻小兔子，很傻很傻，」祁睿峰說著，輕輕撇了一下嘴角，很不屑一顧的樣子，眼睛中卻是帶著笑意，「我錄下來了。」

「我看看。」

祁睿峰打開隨手拿著的玫紅色外殼的平板。這個平板是袁師太的，因為祁睿峰最近表現不錯，袁師太允許他玩兩天。祁睿峰剛才在觀眾席時，已經玩了好一會兒的賽車遊戲，那感覺簡直棒呆了。

他找到那個影片檔，播放給唐一白看。

影片是從唐一白做準備動作時開始錄的，顯然祁睿峰一開始的目的並不是雲朵。鏡頭在泳池內停了一會兒，便向觀眾席掃視一圈，掃過媒體等候區時，鏡頭又退了回來。

接著是祁睿峰的配音：『咦，這不是蛋妹嗎？』

唐一白擰了一下眉，「你答應過我不再叫她蛋妹。」

祁睿峰顧左右而言他，「閉嘴，繼續看。」

然後鏡頭就一直停在雲朵身上沒動。唐一白看到她纖細的身影突然間又喊又跳的，由於距離太遠，基本上聽不到她在叫什麼，倒是祁睿峰的配音很清楚：『哈哈哈，好傻！』

唐一白低頭盯著她的身影，輕輕笑了笑。液晶螢幕微光的映照下，他漂亮的眸子像夜色一樣溫柔。

影片很快播放完畢。唐一白看著祁睿峰退出影片說：「把這份影片複製一份給我。」

「好的。」

「然後把原始檔案刪掉吧。」

「為什麼？」

「你不刪，袁師太也會刪掉的，刪完之後還會抱怨你。」

祁睿峰想了想，唐一白說得有理。他點點頭，「好……」他突然有些得意，「這是雲朵的黑歷史，我也要存一份。」

第四章
原來是你

第二天上午，唐一白回到家。今天正好是週末，他本來還想給爸媽一個驚喜，結果回到家一看，根本沒人，家裡只有一條狗。

二白一隻狗在家好寂寞，聽到有人來很高興，叼著一雙拖鞋跑到門口。

唐一白發現二白長大了，還知道遞拖鞋給主人了，以前拖鞋只是牠磨牙的東西。他獎勵性地拍了拍牠的頭，然而一看到那雙拖鞋，他有點傻眼了……

這是雙淡粉色，有著 Hello Kitty 形狀的棉布拖鞋，大小大概相當於唐一白的一隻巴掌那麼大。

唐一白震驚地看著那雙棉布拖鞋。他媽媽這是要返老還童嗎？穿這麼少女的東西？

他敬畏地把那雙拖鞋放好，找了自己的鞋換上。

在家裡晃了一圈，唐一白確定爸媽都不在家。他先回自己的房間，打算小小休息一下，結果他的房間竟然上鎖了。

呵呵，還好我早有準備。

唐一白摸出鑰匙，隨著鎖眼輕輕一響，他推門走進去。

然後他很快就退了出來。

唐一白恍惚了一下，繼而迷茫，繼而陷入了自我懷疑之中。剛才那個是他的房間吧？應該是吧？他應該沒走錯門吧……他低頭看看趴在他旁邊的哈士奇，確信他並沒有走錯家門。

他再次走進房間。

這房間，怎麼說呢，像是從一塊烤紅薯突然變成了製作精美的蘇式小點心。牆上的海報沒有了，取而代之的是一副原木色邊框的風景油畫，色彩明亮鮮豔。書桌上擺著一疊書，還有一小盆多肉植物，牆上新釘了一副書架，架上擺著書和各色工藝品。床單被套沒有變，不過床上多出了一隻巨大的小熊維尼。衣櫃的推拉門關著，櫃門上貼著一幅巨大的海報，形象是兩隻憨態可掬的卡通熊貓。

他走向陽臺。

窗簾也換掉了，換成淡藍色雙層帶蕾絲的飄紗窗簾。天啊，蕾絲！

唐一白有些頭疼。這就是他媽媽收拾他的方式嗎？把他的房間裝點成一個小女孩的臥室？蕾絲真是要人命，看到就嚇人好嗎……

他不想看到那麼多蕾絲，一下把窗簾完全拉開。

曬衣杆上掛著一個圓形附有小夾子的晾衣架，架上夾著幾隻卡通圖案的襪子和一件……胸罩。粉藍色、繡著花朵圖案、蕾絲邊的，胸罩。

「咳。」他趕緊把窗簾拉回去，臉龐微微有些熱。

他現在有了一個不太好的猜測，於是趕緊掏手機打電話給他爸爸。

「爸，我們家是不是有親戚來？」

『沒有，兒子你想太多了。』唐爸爸答道。

「那為什麼我的房間……？」

『喔，你媽把那間房間租出去了。等一下，你看到那個房間了？快出去，那是別人的房間。』

……靠！

唐一白有一種想撞牆的衝動。

他退出房間，問道：「為什麼要租出去？我們家很缺錢嗎……」

『不缺錢，你媽說租金是用來買零食給二白吃的。』

「……」唐一白咬了咬牙，小聲抱怨：「我跟二白到底誰是她親生的？」

手機裡傳來他媽媽的聲音，『你說呢？二白每天陪我散步，你三個月不露一次面。好好的房子你不住，有的是人想住。』

「媽……」

唐爸爸：『我們現在就回去，有事回家說。』

爸爸媽媽回到家時，唐一白已經平靜下來了。

雖然不贊成媽媽的做法，但是他也能理解她。畢竟他是她唯一的兒子（二白不算），一天到晚不回家，她肯定特別想他。然後又趕上更年期，一怒之下做出過激行為也是正常的。

路女士回到家時，看到客廳裡，她兒子盤腿坐在二白的窩上，低頭玩手機。臭小子個高腿長，二白的小窩對他來說也就只是個比較大的坐墊。

領地被侵占的二白委屈地趴在一旁，看看唐一白，再看看女主人。

路女士嘴角抽了抽，繃著臉看著一人一狗。

還是唐爸爸先笑了，「豆豆，我們回來了，幫你買了好吃的。」

唐一白接過老爸手中提的東西，「好喔，謝謝老爸。」說完就地翻起那兩個大塑膠袋。

剛才唐爸爸和路女士在逛超市，正在排隊結帳時接到兒子的電話，他們又折返回去買了些零食和別的食材。明知道兒子在國家隊裡的伙食不可能比家裡差，但每當他回來時，他們還是想盡辦法做好吃的給他吃。

此刻，唐一白在塑膠袋裡翻出幾包零食和一瓶可樂。可樂剛從冰箱裡取出來沒多久，瓶身凝聚著一層薄薄的水氣，摸起來沁涼沁涼的。

就像很多男生一樣，唐一白也喜歡喝可樂。但是可樂對運動員的身體有害無益，因此他總是克制自己，很少喝。

所以他現在有點糾結，把可樂瓶上上下下猥瑣地摸了個遍，卻一直沒開瓶蓋。

路女士有些不悅，「你那是什麼眼神？不喝算了，拿去澆花。」

「誰說我不喝。」唐一白果斷擰開瓶蓋，灌了一大口。

唐爸爸悄悄對他說：「你媽媽特地幫你拿的。」

唐一白笑了笑，「媽，謝謝。」

媽媽冷哼了一聲，「滾去沙發坐著，占著二白的地方像話嗎。」

唐一白起身跑去沙發上坐，一邊說道：「是您讓我睡狗窩的……反正房間已經被您租出去了。」

「你不服氣？」

「我服，我特別服氣。」唐一白靠在沙發上，高高地抬起手臂豎了個大拇指，「您可真的整治了您兒子，今天晚上我就抱著二白睡。」

路女士閒閒地往沙發上一靠，老佛爺的架式十足。

唐爸爸笑道：「不用了，我們在書房加了一張折疊床。豆豆，其實你媽媽很心疼你的。」

路女士挑眉，「誰心疼他？」

唐爸爸：「我，我還不行嗎……」

唐一白眨眨眼睛，「媽我知道錯了，我以後肯定常回家看看，多給您添亂。」

路女士「呵呵」一笑，明顯不信。

唐一白問道：「這房子您租了多久？」

「一年。」

「……不是開玩笑？」

「廢話。」

「那您租給誰了？那個租客的生活習慣好不好？會不會打擾到你們？您別為了賭氣給自己添麻煩就行。」

唐爸爸幫她回答了，「一個小女孩，挺乖巧的。而且，」他突然一臉神祕，抬手擋在嘴側，壓低聲音對兒子說：「還很漂亮喔，要不要介紹你們認識一下？」

「咳，」唐一白莫名想起陽臺上掛著的那件胸罩，有些不自在，「不用。」

「剛聽到『漂亮』這兩個字你就害羞了？真沒出息！」

唐一白沒辦法解釋，也不想解釋。他靠在沙發上，兩手交叉墊著後腦勺，說道：「爸、媽，過幾天我們就要上高原訓練了。」

路女士：「曬出兩朵高原紅。」

唐爸爸：「變成一個小公主。」

唐一白：「……」

欺負完兒子的兩夫妻得意擊掌。

路女士突然嘆了口氣：「說實話，我真後悔當初生的不是女兒。」

唐爸爸悄悄湊到她耳旁，用只有兩個人能聽到的聲音說：「這不能怪你，都是我的錯。」

路女士從牙縫裡擠出一個字：「滾……」

唐一白笑著哄他媽媽：「等我娶了老婆，就幫您生個小公主。」

唐爸爸：「前提是你先有個女朋友。怎麼樣，要不要為你介紹介紹？」

唐一白被他老爸見縫插針的精神感動了，但他還是拒絕了，「不用，我暫時不打算談戀愛。」

「呿，不要囂張，人家還未必看得上你呢！我把她介紹給你表哥。」

「隨便。」

唐爸爸不忿於兒子的冥頑不靈，決定不理他了。

路女士突然說道：「到了高原小心點，別再把身體練壞了。」

唐一白趕緊點頭，「放心吧，絕對不會了。」

唐一白在家裡待了兩天，這兩天裡，他始終沒有看到那個傳說中的租客女孩。問爸媽，爸媽就說租客正好出差了。

唐一白不太相信，哪有那麼巧的事？他在家兩天，她就出差兩天？

那女孩不會是他們虛構出來的吧……？

唐一白越想越覺得這個可能性比較大。雖然「故意假裝有人租了他的房子，並且為之專門裝點臥室」這一行為顯得有些瘋狂，可是把他的房子租出去這件事本身也是瘋狂的。兩相比較，他倒真說不出哪一件更瘋狂了……

他偷偷問他爸：「跟我說實話，房間裡的那些東西都是我媽媽自己買的吧？捨得花錢買東西，怎麼捨不得多花點錢租個女孩回來呢？」

「什麼話，你媽像那樣的人嗎？」

「以前不像，現在越來越像。」

「我剛才打電話了，人家明天就回來。等著吧，到時候嚇死你。」

唐一白了然地笑，「你不如直接說，我什麼時候走，她就什麼時候回來。」

唐爸爸翻了個白眼，「你這孩子，心思這麼陰險。隨你愛信不信，她明天大概九點左右回來，你可以等著自己看。」

第二天，唐一白等到了九點，卻依然沒等到女孩的身影。他爸媽都去上班了，唐一白覺得無聊，不管這件事是真是假，他需要趕緊回隊裡，兩天多沒訓練，骨頭癢癢的啊……

但是他突然想起一件事，於是打了通電話。

雲朵剛回到公司就接到唐一白的電話。她本來還想先把東西拿回家放，畢竟離得並不遠，然而錢旭東這兩天看她不太順眼，不允許她這麼做，說要先回去開會。於是雲朵風塵僕僕地拖著行李箱，就回報社了。

錢旭東也沒說錯，他們確實要開會。雲朵放下行李箱，拿著小本子去會議室，在路上接到唐一白的電話。

「喂，唐一白？」

『雲朵，我的專訪什麼時候進行？』

「啊……啊？」雲朵有些不解，「你約了我們社的專訪嗎？」不是已經殘忍地拒絕過了嗎……

『我們不是早就說好了？』唐一白的聲音有些鬱悶，『我以為我們很有默契。』

「不是……可是伍教練已經拒絕過錢老師了……」

『但是我沒有拒絕妳。』

雲朵萬萬沒想到事情的發展是這樣，她的情緒有些激動，「所以你還是會接受我們的專訪嗎？」

『不是你們，是妳。稍等，我看看地圖……我離你們報社很近，妳現在在公司嗎？』

「在。」

『好，我正好也在附近，可以順路去妳那裡。我大概十五分鐘到，妳先準備一下。等等見。』

「啊……喂？」

唐一白已經掛了電話。

雲朵愣了一下，突然反應過來發生了什麼，她噔噔噔地跑向會議室。會議室裡已經坐了幾個人，看到雲朵衝進來，都像是受到驚嚇一般望著她。

雲朵也受到驚嚇了好嗎？她激動地大聲說：「劉主任，唐一白要來了！」

劉主任有些摸不著頭緒，「他來做什麼？」

「做專訪。」

「專訪不是沒拿到嗎？」劉主任奇怪地看向錢旭東。

雲朵沒時間解釋太多，「現在拿到了。他十五分鐘後到這裡。」

劉主任狐疑地看看雲朵，又疑惑地看看錢旭東，如果要在錢旭東和雲朵之間選擇一個來相信的話，他的選擇是很明顯的。

但雲朵也沒理由撒謊啊，撒謊對她沒好處。

可萬一她瘋了呢……

就在劉主任猶疑時，錢旭東幫他堅定了信心，「雲朵，妳胡鬧什麼？」

在場的大家都知道一些情況，覺得有些奇怪。連錢旭東都拿不到的專訪，雲朵怎麼可能拿到，憑什麼？

情急之下，雲朵撥了唐一白的視訊通話。還好他很快就接通。

唐一白看起來心情不錯，對著手機笑得眼波翻飛，『妳就這麼迫不及待地想看到我嗎？』

雲朵紅著臉說道：「唐一白，這位是我們採編中心的劉主任，麻煩你幫忙解釋一下，你確實要過來做專訪。」她說著，把手機螢幕對準劉主任。

『劉主任你好，』唐一白朝著劉主任那張老男人臉笑了笑，笑得禮貌而疏離，『我確實和貴社的記者雲朵約好做專訪，嗯，是剛剛確定的。因為我時間緊迫，所以想現在就去貴社，請問你們今天方便嗎？或者我們以後再約？』

「方便，方便，」劉主任連忙點頭，「我們已經做好準備了。」

雲朵結束和唐一白的通話後，為難地問劉主任，「我們沒有做好準備吧？」

劉主任深吸一口氣，用一種看世外高手的眼神看著雲朵，「十分鐘夠我們準備了。」

「可是……」

「沒有可是，唐一白現在很搶手，錯過了這一次，誰知道還能不能再約成。雲朵，妳去會客室準備一下，等著接待唐一白；旭東，你們幾個和我一起擬定問題。旭東你已經做過一些準備了吧？正好，順便。雲朵妳去把林梓叫來，讓他來做一下記錄，這種事他再做不好就真的可以滾蛋了。」

劉主任一一吩咐著，幾人很快進入一級戰鬥狀態，除了錢旭東。他現在的臉色青一陣白一陣，像是擦了五六種顏色的粉底，特別精彩。他剛剛還在和劉主任訴苦唐一白的專訪多麼難拿，現在一個小女孩跑來說已經搞定唐一白，這就是在狂打他的臉啊……

然而，敬業的劉主任此刻是顧不到他的心情了。

中老年男人們瘋狂起來，工作效率很高，不到十分鐘，林梓拿著兩張A4紙去會客室給雲朵。A4紙剛列印完畢，還殘存著印表機的溫度，散發著油墨的氣味。

雲朵把那兩頁問題瀏覽了一遍，看到最後一個問題時，她皺起了眉頭。

她出去找了一支白板筆，用粗粗的黑色筆尖在最後那兩行字上塗了個徹底。

林梓不以為然，「妳這樣做會被劉主任罵的。」

雲朵渾身散發著死豬不怕開水燙的霸氣光芒，「罵啊，姊不care。」

唐一白的到來引起了小小的轟動。

整個報社都是混體育圈的，連掃地大媽都能聊幾句歐冠NBA，所以大家對體壇動向的敏感程度比一般人高得多。唐一白破紀錄的47秒88已經被傳開，不少體育圈同仁對此非常關注，今天見到他，豈肯放過。

合照合照！

女同事們尤其癲狂。從來沒見過這麼帥的男人啊啊！而且身材比模特兒還好！！！

所以唐一白剛進報社大門就被攔截了，雲朵下樓找他時，看到他正在大廳裡化身人型看板，身旁不停地換人合照。他倒是來者不拒，還能笑得一派悠閒。

像是和她有感應一般，雲朵一出現在二樓，唐一白就抬頭向上看，正好看到她。於是他朝眾人道了聲「抱歉」，轉身上樓。腿長就是好，一步跨三個臺階，毫不費勁。

也就是在雲朵愣神的功夫，他已經上樓，玉樹臨風地走到她面前，「嗨。」

算來兩人只有三天不見，但雲朵再見到他時卻有種久別重逢的激動。她知道，他一意孤行地把專訪留給她，一定是頂著很大的壓力。像她這樣在圈子裡只混了半年多的小菜鳥，何德何能獨攬他的專訪。

她眼眶突然有些發熱，「唐一白，謝謝你。」

因為激動，她的嘴唇微微發抖，聲音打著顫鑽進他的耳朵裡。他看到她黑亮的眼睛濕潤潤的，讓他想起杏花飄飛時的春雨，秀麗而清新，清新而柔軟。

他笑，特別想摸摸她的頭。

不過最終還是忍住了——樓下還有那麼多人都還沒散呢。

「客氣什麼，」他酷酷地手插口袋，「現在我們去哪裡？」

「跟我來。」

雲朵帶他去了會客室。會客室裡放著一張鋼化玻璃面的桌子，桌旁圍著三個單人沙發。她讓唐一白坐在沙發上，然後給了他一瓶沒有打開過的礦泉水。她自己則倒了一杯咖啡。

唐一白吸了吸鼻子，評論她的咖啡，「很香。」

雲朵笑了，「香也不能給你喝。」運動員嘛，入口的東西要求極為嚴格，她可不想看到他在她這裡吃到什麼不乾淨的東西。

雲朵坐下來，把錄音筆擺在桌上，然後攤開那兩張A4紙和一個本子。雖然有錄音筆，但她習慣隨時用紙筆記下重點。她說道：「我們開始吧……咦，筆呢？」

她東張西望地找了一番，沒有找到筆，然後她突然輕輕一拍桌子，「對了，在這裡。」

然後，唐一白看到她將手伸向腦後，輕輕一拔，一頭順滑的黑髮便披散下來，像是突然撒下一道黑亮的瀑布。她的髮絲柔軟乾淨，散發著很淡很淡的檸檬香氣，那應該是她洗髮精的味道。秀髮如翠雲一般輕輕巧巧地堆在肩頭，半掩半映著她精緻白皙的臉龐。有幾綹頭髮很不安分，越過耳朵貼著她的臉側晃動。她有些不耐煩，抬手把那幾綹頭髮攏到耳後。

唐一白抿了抿嘴，垂下眼睛，長睫毛微不可察地輕輕抖了一下。

雲朵兀自低頭用細長的原子筆在本子上劃了幾下，不錯，完好無損。她抬頭想要說話，見唐一白垂眸沉默，雲朵後知後覺地發現自己剛才那個舉動好像有點太不拘小節了……她不好意思地解釋道：「那個，髮圈斷了，臨時用筆代替一下，你不介意吧？」

唐一白突然笑了，勾著嘴角輕輕望著她，眼波似有似無地晃動，「一點也不。」

雲朵打開錄音筆，開始了她的第一個問題：「那麼，談一談你是如何開始游泳生涯的？」

唐一白也很快切換到公事公辦模式。他清了清嗓子，答道：「剛學會游泳的時候救過一個人，後來一直回想在水裡和水搏鬥、征服水的成就感，這是我對游泳感到興趣的開端。後來就有些沉迷了，也慢慢走上職業運動員的道路。」

雲朵笑了，「這個原因倒是很少見。爸爸媽媽支持你嗎？」

「當時是很支持的，因為小孩都會學點課外才藝，我爸媽覺得學什麼都可以，我想學游泳他們就讓我學了。」

雲朵很敏銳地從他的話裡聽到一個關鍵字「當時」，她追問道：「那現在呢？」

「現在啊，」唐一白無奈地嘆了口氣，「其實我在選擇職業化道路時就和家人產生了點分歧，我媽覺得職業運動員太辛苦了，不贊成我走這條道路。當然後來被我勸到答應了。再後來我受了點傷，他們更加擔心，其實我媽為這件事很焦慮，只是她不願表現出來。另外，因為訓練占據太多時間，我和家人團聚的時間很少，其實挺對不起爸媽的。」

雲朵驚訝地看著他，「你受過傷？」

「對，」他點點頭，安撫性地看她一眼，「運動員多半都有傷的。」

「什麼時候的傷？現在還有影響嗎？」

「三年前的，已經完全好了，」唐一白說到這裡頓了頓，「妳不用擔心。」

「嗯，」雲朵點點頭，「為什麼受傷？」

他沉默了一下，「救人。」

……又是救人。還真是熱心，雲朵覺得體育總局該頒給他「最樂於助人運動員」獎章。

既然說到三年前，雲朵就不得不提起另外一件事。她問道：「三年前你放棄自己的主項蝶式，改為主攻自由式，當時為什麼做這個決定？主要的考量是什麼？」

「就是因為自由式比較自由，動作上沒有那麼多約束，游得更快。我當時很想游得更快一點，所以就選擇了最快的自由式。至於考量，沒什麼要考量的。」

雲朵張了張嘴，有些不確信地看著他，「蝶式是你的主項，你已經在主項目上拿過亞運會的金牌，戰勝了日本對手，這是很成功的。突然做這樣一個特別重要，甚至比較冒險的決定，真的沒有考慮嗎？」

唐一白認真地回憶了一番，這才答道：「真的沒有，當時如果真的有考慮，就不會做這個決定了。這樣的決定有些草率。」

你也知道草率啊……雲朵在心裡默默吐了個槽，不過她必須承認：「事實的結果表明，這個決定是正確的。」

唐一白有些感慨：「如果不做這個決定也未必是錯誤的，重要的是堅持吧。決定有的時候很重要，有的時候反而不那麼重要。」

雲朵點點頭，這句話太有深度了。她問道：「所以你做了這個決定之後，也沒後悔過？」

「我為什麼後悔？後悔一點用處也沒有，只會為自己帶來更多負面的東西。」

「遇到困難時也沒有？」

「遇到困難時就想辦法，辦法總比困難多。」

雲朵感嘆道：「你很理智，也很瘋狂。所以你是一個理智的瘋子，這樣的人是最容易成功的。」

唐一白笑了笑，「現在談成功為時尚早。」

雲朵歪著頭看他，「你不覺得自己成功？連續兩次刷新亞洲紀錄，成為第一個游進48秒的黃種人。」

唐一白搖搖頭，「不覺得，我連世錦賽都沒游過呢，談何成功。」

「所以有更高的目標？」

「對，每一個運動員都希望成為世界冠軍，我也不例外。」

接著又和唐一白聊了一會兒志向高遠與腳踏實地的問題，雲朵看看那兩張問題清單，又問他，「聽說你和祁睿峰是室友？」

「對。」

「和他相處得怎樣？有沒有壓力？他是奧運冠軍，也是中國目前唯一一個在男子游泳項目上獲得奧運冠軍的人。」

「我們相處得很好，峰哥是一個相當真誠的人。他是中國人的驕傲，是很多運動員的榜樣。我會向他學習，向他看齊，不會有壓力的。」

他一本正經地說著這樣的話，雲朵莫名想笑。她強忍著，又掃了一眼問題清單。再抬頭時，她看到唐一白正盯著她的髮梢看。她有些奇怪，扯了一下頭髮，「我頭髮上有東西嗎？」

「沒有。我只是覺得，」他突然抬手蓋住了桌上的錄音筆，然後壓低聲音說：「妳披著頭髮更漂亮。」

直白的讚美，因直白而顯得並無深意，卻讓雲朵的臉紅了一紅，「謝謝。」

唐一白放鬆身體靠在沙發上，輕輕瞇了一下眼睛，「繼續。」

於是採訪繼續。唐一白沒喊停，雲朵就厚著臉皮不停找話題，當她把問題清單上的所有問題都打勾時，終於放下筆，闔上本子，「好了，謝謝你。」她說著，關掉錄音筆。

唐一白卻指指她問題清單的最後一項，那裡已經被塗得面目全非，「這是什麼？」

「沒什麼，一個作廢的話題。」

「我知道是什麼，我們來聊聊這個問題吧。」

「不。」雲朵搖搖頭。三年前那場事故是禁忌，他一直避免在記者面前談論此事，她不想戳他的傷疤。

唐一白笑道：「雲朵，這件事早晚也要讓人知道，與其把新聞給別人，不如給妳。」

他溫柔又淡然地說著這些話，卻讓雲朵莫名有些心酸。每個人都不願意被揭開舊傷，已經疼過一次，為什麼還要再疼一次？如果可以，她希望能永遠不觸及他那些過去，至少，她不觸及。

她沉默地搖搖頭，看著他，眸子濕潤而倔強。

真是受不了這樣的目光。唐一白猶豫了一下，突然抬起手，「不用難過，都是過去的事了。」他大大的手掌蓋在她的頭頂上，溫暖乾燥的掌心碰到她清涼順滑的髮絲。

終於如願摸到她的頭，唐一白竟然有種滿足感。他小心地輕輕撫弄她的髮頂，看到她不贊成地癟嘴，他莞爾，「妳不問我也要說。」

雲：三年多前，你因為興奮劑尿檢呈陽性而被禁賽，許多人都在關注導致你尿檢呈陽性的原因。

唐：那一年的七月份，世界反興奮劑機構臨時更新了一次藥物禁用清單，我的隊醫沒有及時看到這個清單。他八月份開了營養補給品給我，這個營養補給品裡含有一種肽類激素，這種肽類激素正好是禁用清單裡新增的幾種藥物之一。當時他不清楚我也不清楚，所以我吃了藥，再之後尿檢查出來是陽性。

雲：所以是誤服藥物導致？

唐：對。

雲：為什麼一下禁賽三年呢？比起一般處罰，這個時間有點長。而且你是誤服。

唐：這個說來就巧了。那一年上半年，國際上發生了幾個興奮劑醜聞，國內也有一例，體育總局就決定嚴打。我是嚴打之後第一例尿檢陽性的，所以處罰比較嚴厲，一下禁賽三年。

雲：但你明明是冤枉的，沒有申訴嗎？

唐：本來是想申訴的，但藥品誤服這種事情本來也不好處理，而且我吃的是營養補給品，不是對症開的處方，所以申訴還是比較麻煩的。又趕上嚴打，撞到槍口上了，所以我的教練勸我先不要急，等過一段時間再申訴。我當時和我的隊醫吵了一架，那時候年輕氣盛不懂事，說了一些重話，隊醫很生氣，離開了。後來我一直找不到他。再想申訴時，開藥的人都不在，證據不足，我也就沒辦法申訴了。

雲：很倒楣。

唐：對，確實有點倒楣。反興奮劑機構更新清單的時間一般是固定的，我也不是經常吃營養品，體育總局更不是每年都嚴打，都撞在一起了。

雲：會不會覺得很遺憾，錯過了那三年？這三年裡有世錦賽和奧運。

唐：事情剛發生時非常難過，後來就看淡了。其實那也未必是壞事。那時我的蝶式成績已經有一段時間沒有進步，不知道還能不能突破，換了自由式，反倒有種如魚得水的感覺。

雲：塞翁失馬，焉知非福。

唐：對，就是這樣。

※　※　※

雲朵坐在轉椅上，兩手托腮發愣。林梓坐在旁邊，手肘墊在桌沿上，懶洋洋地翻著今天的報紙。天氣有些暖和了，他已經換上單層的格子襯衫，此時襯衫被整整齊齊地挽上去，露出白皙的下手臂。翻到唐一白的專訪那一版時，他停下來，輕輕碰一下雲朵，「好大一版。老大妳要紅了。」

「滾。」雲朵用原子筆輕輕敲了一下他的頭。

林梓便認真看那篇專訪，看了一會兒，他突然說：「有錯別字。」

雲朵才不信，「校對都沒說我有錯字了，你一個連成語都用錯的人，哪來的自信說我有錯別字？哪個錯了？」

林梓只是搖頭嘆氣。

雲朵突然問他：「話說你當初高考國文作文到底考了多少？說來聽聽。」

「我不知道，查分時不能查作文分數。」

雲朵不打算放過他，「可是你估算分數時能大致估出前面的分數，然後用總分一減就知道啦。來吧，說來聽聽。」

林梓有些無奈，「五十二分。」

「呿！不信！」雲朵輕輕撇一下嘴，「和我這個文科大王的分數差不多？騙鬼呢！」

「我是說，我國文總分五十二分。」

雲朵愣了一下，隨即爆笑，「哈哈哈哈總分一百五十分，你只考了五十二分嗎？好可憐！難怪你成語用得都那麼出其不意，哈哈哈哈——」笑著笑著，雲朵突然停住，她奇怪地看著他，「可是你國文只有五十二分，你到底是怎麼考上清華的？」

「其他科都是滿分。」

「……」雲朵久久無語，最後終於扭過臉，冷哼一聲，「死變態！」

林梓把報紙拍在桌子上，很輕蔑地看她一眼，「學渣。」

竟然被一個國文只考五十二分的人鄙視為學渣，還有沒有天理了……真是王八，可是他總分真的比她高啊……

中午，雲朵和林梓、程美一起吃了午飯。程美在吃飯時悄悄對他們倆說：「雲朵，我今天聽到我們編輯部的小鄭說，她聽到錢旭東和劉主任在說妳。」

雲朵立刻豎起耳朵，「說我什麼？」

程美有些猶豫，「我說了妳不要生氣。」

「不生氣不生氣。」雲朵擺擺手。

「他說……說妳和唐一白的關係不單純，所以才拿到他的專訪。」

砰！

雲朵沉著臉重重一拍桌子，動靜太大，引得周圍的食客側目。一旁的林梓連忙護住自己面前那碗湯。

雲朵怒道：「什麼叫不單純？我們的關係很單純！他心思齷齪，看什麼都是齷齪的！」

程美被她嚇得輕輕一抖肩膀，「消消氣消消氣……」

「氣死我了氣死我了，」雲朵胸口劇烈起伏著，「我們是朋友，人家唐一白講義氣，願意把專訪留給朋友，這樣做有什麼不對嗎？招誰惹誰了？憑什麼要遭受這樣的汙蔑？」

「對的對的，沒招誰沒惹誰，他們不該胡說八道。」程美拚命勸她。

埋頭喝湯的林梓突然抬起頭，掃一眼雲朵，「既然你們的關係很單純，那麼妳何必如此動怒？」

「我——」雲朵一時卡住，結巴了一會兒才反駁道：「就是因為被誤會才生氣啊。」

「我看沒必要，」林梓搖搖頭，淡定地攪弄著陶瓷小碗，「如果妳真的能追到唐一白，那說明妳有魅力且手段高明，肯定有無數人羨慕嫉妒妳，在背地裡說妳壞話。這是人生贏家才有的待遇。現在妳在別人眼裡已經是人生贏家了，為什麼還生氣？」

「我——」哇靠，這個邏輯有點偉大啊……

林梓又說：「假設妳真的和唐一白關係不單純，當錢旭東得知妳是因此而獲得唐一白的專訪時，他會怎麼想？鄙視妳嗎？不，不只如此。他會羨慕妳，會覺得他自己懷才不遇。他會特別沮喪、鬱悶，認為自己才華橫溢卻比不上一個女孩的臉蛋，什麼世道……總之滿滿全是負能量。在背後中傷妳的人過得一點都不開心，難道妳不該為此開心嗎？」

雲朵此刻的欽佩之情有如滔滔江水，「我真的被你安慰到了……」

林梓點點頭，「我和妳之間就不用說謝謝了，碳烤豬脆骨分我一半就好。」

吃過午飯回公司，雲朵沒有睡午覺，她坐在自己的位置上看電視劇。林梓坐在她旁邊，單手拄著下巴看她。

林梓臉孔精緻，加之皮膚蒼白，身材瘦削，很符合當下「花美男」式的審美情趣，雖然來歷神祕且十分廢柴，但他花錢大手大腳是有目共睹的，因此他在《中國體壇報》報社有著不少女性粉絲，總有人以各種理由約他，當然最後都很淒慘地被他拒絕掉了。

所以如果他這樣盯著一個女孩看，那女孩多半是會臉紅的。

然而雲朵是例外。她天天跟林梓廝混，見慣了他的惡習，對他很難產生什麼興趣。此刻她看也不看林梓一眼，只是盯著螢幕，「我已經不需要安慰了，坐回自己的位置吧。」

林梓沒有離開。他眼睛不自覺地半闔，看起來沒精打采地拄著下巴突然說：「天真。」

「對，看《紙牌屋》真的好天真，你這麼有深度的人最好去看《光頭強》。」

「我是說妳天真——怎麼別人說什麼妳都信。」

雲朵覺得他話中有話。她把目光從螢幕上移開，看著林梓，「你想說什麼？」

林梓的指尖輕輕敲著桌面，捲起的襯衫袖口下露出一截白皙如藕的手臂，手腕上套著一塊百達翡麗複雜功能錶，玫瑰金、鑲鑽，總之怎麼酷炫怎麼來，這錶戴在劉主任手上就是暴發戶，戴在他手上就是淋漓盡致的奢華。誰讓人家臉俊氣質好呢，男人看到總想打一頓的那種好。

他說道：「我覺得錢旭東不會和劉主任說那樣的話。」

雲朵卻不太信，「為什麼？」

他又指指自己的太陽穴，依然是那種很欠扁的學霸鄙視學渣的眼神，「當然是分析。錢旭東從業九年，雖然偶爾恃才傲物，但風評一直都不差，至少沒有做過敗壞品行的事。劉主任在這個報社待了快三十年，他已經有了自己很固定的行為特點。雖然小心眼但還算公正，寬以律己嚴以待人，對手下的人要求嚴格，有點道德潔癖。對於妳和唐一白的關係，錢旭東肯定腦補得很精彩，但是如果他夠瞭解劉主任，就不會隨隨便便在劉主任面前說妳壞話。在背地嚼舌根是職場大忌，劉主任又不是錢旭東的親爹，不會放任他這種毛病。錢旭東也知道這一點，他又不傻，回家跟老婆發發牢騷就夠了，需要在主管面前丟人現眼嗎？」

雲朵恍然。她發覺這林梓也算個奇才，雖然連寫稿子、拍照這種簡單的事情都做不好，但他腦子特別靈光，總是能一眼看到事情的本質。不愧是理科考滿分的怪物啊！

但雲朵又覺得奇怪，「可是程美說……」

林梓不屑地撇一下嘴角，「所以我才說妳天真，誰的話都信。」

雲朵啞然，「你的意思是程美說謊？可是……」

「不一定是她說謊，也可能是那個什麼小鄭，或者別的什麼人。謠言嘛，隨便一個環節出問題，真相就走了樣，更何況傳這種謠言多半是故意的。」

「故意的？為什麼？」

「還能為什麼？」林梓恨鐵不成鋼地看她一眼，「妳想，如果錢旭東聽說此事，我們越過他精彩的心理活動，只說最終結果——他會把仇恨鎖定到誰身上？」

雲朵猶如被醍醐灌頂，她指指自己，「我？」

「恭喜妳答對了，獎勵一塊糖。」他說著，也不知道從哪裡變出兩塊太妃糖，放一塊到她面前。

雲朵哪還有心思吃糖，她急道：「可是為什麼啊？」

「不知道，反正妳要得罪錢旭東了，喔，傳謠言的那個人還可以更狠，」林梓自己剝了糖放進口中，享受地瞇了瞇眼睛，他邊吃邊說：「如果他跟別人說謠言是從妳這裡傳出去的呢？這個版本就進化成了：妳到處跟別人說錢旭東故意在劉主任面前說妳壞話汙蔑妳……呵呵，老大妳要完蛋了。」

經過林梓的一番分析，雲朵發現自己確實要完蛋了。如果謠言真的這樣流傳，那麼她不只會得罪錢旭東，還會引起周圍的反感。她一定會從目前和林梓的兩人小分隊裡脫穎而出，成為劉主任最討厭的人沒有之一，而她的同事們會怎樣看她呢？年輕浮躁不安分，為達目的不擇手段，三八且道德敗壞……

儘管每個人都在私底下傳謠言，但最終所有人的仇恨都會轉移到她頭上。

「會不會太狠了啊？」雲朵被這個設想嚇得兩腿發軟，「我得罪了誰？這樣整我。」

「不知道。」林梓搖著頭，悠閒地拄著下巴，嘴巴輕輕動著。他還在吃糖。

雲朵有些焦心，「那我怎麼辦才好？」

他兩手一攤，「妳是老大妳說了算。」

雲朵哭喪著臉，輕輕扯推他的手臂，小聲說道：「你能不能幫幫我？你一定有辦法的。」

「我國文只考了五十二分。」

「還真記仇。」雲朵放下節操，拿出了讚美的態度，「你雖然國文只考了五十二分，可你依然是學霸啊，讓我們凡人顫抖的學霸！」

「求我。」

「喂……」雲朵黑著線看他。

「好吧，」林梓打了個響指，特別仗義地拍了拍她的肩膀，「既然妳都求我了，我就幫妳這一次吧。」

雲朵輕輕推開他的爪子，少年你演得很嗨啊……

關於怎樣幫助雲朵，林梓一下子找到問題的核心：錢旭東。

如果想把這次中傷化為無形，雲朵就必須要和錢旭東搞好關係。

雲朵特別為難，「他是劉主任的爪牙，我剛剛還搶走了他的專訪，怎麼可能和他搞好關係。」

「女孩，妳要學會分析人性。」林梓胸有成竹地說，「錢旭東很自負，妳請他吃個飯，好好吹捧他一下，然後由我幫妳助陣。」

「你幫我助陣?你也會吹捧人嗎?為什麼感覺很沒有安全感……」

林梓呵呵一笑,「山人自有妙計。」

雖然不知道林梓所謂的妙計是什麼,但雲朵還是選擇相信他,主要是她現在也無人可信了。程美和她一樣都是職場菜鳥,想不出主意;孫老師是個老好人,如果由他來建議,肯定也是主動拉下臉去和錢旭東講和。

至於怎樣吹捧錢旭東……雲朵又不是笨蛋,還是略懂一二的。

她在一家高檔餐廳請了錢旭東、孫老師、林梓一起吃飯。孫老師和林梓一樣,都是幫忙助陣。相比林梓,孫老師助陣是專業級的,有他在,不用擔心冷場。

席間,雲朵向錢旭東敬酒,表達了自己的感激之情。感激的原因是專訪的那些話題,因為錢旭東之前做過準備,所以那些臨時起草的話題肯定有他的功勞。

「您整理的話題清單簡直太專業,根本不像是倉促而就。如果是我,你給我兩天我也弄不出來。我覺得這次專訪的成功主要是靠錢老師您,我只不過是沾了一點光。錢老師,我看過不少您的稿子,值得我學習的地方真是太多了。」

錢旭東聽了雲朵這番話,連日來的鬱悶稍稍掃去一些。他心想,妳倒是有良心,可惜功勞還是被妳搶走了,專訪記者的名字是妳雲朵,而不是我錢旭東。

「雲朵啊妳還嫩著呢，以後多跟錢老師學。」孫老師說著，又笑著對錢老師說：「你不知道這個女孩剛入行時多搞笑，那天游泳錦標賽，趕上唐一白被追問……」他開始說起雲朵第一次採訪時和其他記者吵架的情況，接著又說劉主任念念不忘地把她罵了一頓，她這才學乖。

錢旭東聽完，問雲朵：「所以妳是從那個時候認識唐一白的？」

「對喔，我後來跟唐一白哭訴我被主管罵慘了，結果唐一白還挺耿直，他說欠我一個人情。所以這次他就把專訪給我了。本來我還想問問劉主任要不要請您去，可是事情來得太突然了，當時忘了問，就被劉主任趕去會客室。」

錢旭東擺了擺手，「他還妳人情妳就接著，不就是一次專訪嗎。」說著，他突然也覺得這沒什麼大不了，一個剛剛有些知名度的運動員而已。他又不是沒專訪過奧運冠軍，唐一白不值一提。再看看雲朵，那樣小心翼翼的樣子，錢旭東心想，新人就是新人。

雖然他依然對雲朵談不上什麼好感，但現在至少也不那麼反感了。他是個前輩，和一個小女孩較什麼勁……錢旭東這樣想。

幾人便這樣不鹹不淡地聊著，聊了一會兒便說到股市，孫老師問林梓：「小林，你覺得未來一個月大盤會漲嗎？」

林梓扯了一下嘴角，「不可能，還要震盪一段時間，少說兩三個月，除非出現重大利好政策，這個概率比較低。」

錢旭東一聽到這個，不以為然，「你就這麼肯定？」

「對，」林梓點點頭，「我就是這麼肯定。」

這人自信得有些猖狂，錢旭東一下子被震住了。

孫老師笑道：「小錢，我要重新為你介紹一下小林了。」

為了避免林梓騙大家不懂股市，在他面試之後，幾個面試官就對他的來歷閉口不言，所以公司知道他真實身分的人很少，林梓自己也很低調，從不宣揚。

現在孫老師口沫橫飛地為錢旭東「重新介紹」林梓，那樣子讓錢旭東恍然覺得自己是掉進了直銷網裡。

孫老師介紹完畢，林梓臉上毫無愧色，「孫老師過獎了，不要嚇到錢老師。」

錢旭東問道：「那你有什麼好的股票推薦嗎？」

「我給你看看我最近買的幾支，你可以試試。現在入手，七個工作日左右拋掉，漲多漲少不好說，應該賠不了。」

錢旭東看了林梓推薦的股票，都是最近漲的，他更加懷疑，「你不是事後諸葛亮吧？」

林梓只好把自己的帳戶給他看。錢旭東直接被他帳戶裡的金額刺激到了，愣了好久。

林梓還在解釋，「玩玩而已，現在的股市很難賺到大錢，又沒有槓桿（借錢經營）。」

眼見為實之後，錢旭東對林梓的態度有了微妙的變化。他問林梓為什麼要跑來當記者，林梓又開始了他的夢想演講。這次他沒有遭到鄙視，錢旭東聽完後特別感動。

他們聊得很嗨，直接把雲朵晾在一旁了。

這頓飯吃完，林梓開車送雲朵回家。在路上，林梓說：「這下妳可以放心了，哥已經成為錢旭東的偶像。報社的人都知道我和妳是捆綁銷售的，錢旭東看在我的面子上，也會給妳個笑臉。」

雲朵一手扶著車窗，「恭喜你又多了一名信徒。」

林梓扯著嘴角笑了一下，偏頭看她一眼，問道：「打算怎麼謝我？」

「嗯，讓我想想。」

「不要說以身相許，那樣我會很為難。」

雲朵對他翻了個白眼，「你想太多了。」

她想了一會兒也不知道該怎麼謝他，這位土豪哥什麼都不缺，她的任何謝意在他面前都拿不出手。於是她只好問道：「那麼你希望我怎麼謝你呢？」

「我想吃希臘烤羊羔。」

雲朵點頭，「這個簡單，我先查一查本市哪裡有希臘風格的餐廳。」

「我想去希臘吃。」

「……」雲朵有些囧，「土豪，你能不能體諒一下我們這些螻蟻？我把我所有的錢都拿出來，扣除掉來回機票錢，我們頂多只能在希臘吃頓烤馬鈴薯吧？還不一定能吃飽……」

「我請妳。」

雲朵不贊同，「那還能算是我謝你嗎？」

林梓有些不耐，「這也不行那也不行，妳到底要怎樣？我幫了妳的忙，妳連烤羊羔都不給我吃。」

雲朵：QAQ

林梓冷笑，「賣萌沒用。下週陪我去希臘，我請妳坐飛機，妳請我吃飯。」

林梓期待的希臘烤羊羔之行最後還是沒成行。因為雲朵連護照都沒有……林梓不得不再次鄙視一番他的老大，然後把這次記著。

然後他們去了西寧。雲朵是奉命來西寧的高原訓練基地採訪正在這邊進行高原集訓的游泳隊，而林梓是自掏腰包跟來的。

採訪的任務比較簡單，主要是八卦一下幾個知名運動員的訓練狀態，介紹一下高原訓練的好處。來之前，唐一白曾經在微信裡對雲朵說他們「累成了狗」，雲朵還不信。等上了高原，嗯，別人有沒有累成狗不知道，反正她自己已經變成狗了。

這裡空氣中的氧氣含量只有水平線的四分之三，多走幾步路就會喘。這樣的條件下，唐一白他們還要每天游一萬多公尺，想想就痛苦。

來到游泳館，出乎意料的，雲朵發現運動員們的精神狀態還不錯。她陸續採訪了幾個教練，劈哩啪啦一番拍照，最後是袁潤梅教練和伍勇教練那裡，正好他們兩個站在一起，各自看著自己的得意門生。雲朵覺得挺有意思，舉著相機把池邊、水下的四個人同時拍進去。

祁睿峰和唐一白游回來時，都露出水面，扶著岸邊朝雲朵打招呼。

雲朵對教練的採訪任務差不多該收工了，林梓則站在她旁邊，握著手機低頭看著，旁若無人地對她說：「老大，我們去青海湖玩吧？」

唐一白聽到這句話，扶著岸邊仰頭看伍勇，笑嘻嘻道：「伍總，我們也去青海湖玩吧？」

伍勇抖著鬍渣冷笑。

祁睿峰長臂一伸，輕輕拽了一下袁師太的褲腳，賣萌地說，「袁師太，我也想去青海湖玩。」

袁師太低頭看他，笑得特別親切，「閉上眼睛。」

祁睿峰不明所以，但還是照做。

袁師太抬腳朝他厚實的肩膀上一踹，「我送你去青海湖！」

祁睿峰很心碎地被踢進水裡，濺起一大片雪白浪花。

袁師太行凶完畢，轉頭對雲朵說：「這個就不用報導了。」

雲朵捂嘴笑著點頭，眼光一轉，看到唐一白正仰頭笑吟吟地望著她。見她看過來，他朝她挑了挑眉，眸光映著水光，澄亮乾淨而波光搖晃。

雲朵移開目光，對林梓搖頭道：「我們不去。」

「為什麼？」

「我怕水。」

林梓輕哼：「這個藉口很爛。」

雲朵他們離開後，伍勇似笑非笑地看著自家愛徒，「不是女朋友？」

唐一白搖頭但笑起，轉身一頭跳進水裡，靈活敏捷的身體在蔚藍清澈的水中剪開一道筆直的波痕。

雲朵和林梓在高原訓練基地停留了兩天，除了游泳隊，還順便採訪了一下來此集訓的兩支省田徑隊。這個高原訓練基地蓋得很不錯，可惜周邊特別原始，也沒什麼好玩的地方。林梓還吵著想去一百多公里之外的青海湖，雲朵讓他自己去，最後他只好跟著她回B市。而唐一白還要在那裡訓練半個月。

回到公司之後雲朵又忙了起來。她跟著水上項目，不只要跑游泳新聞，還有跳水和水上芭蕾，然後呢，由於資歷淺，也偶爾會被老記者抓去打雜。值得高興的是錢旭東對雲朵的態度有了改觀，至少面子上很過得去，之前那萌生的流言並沒有擴散壯大的機會。

其實雲朵特別想知道幕後黑她的人是誰，然而她實在想不通自己得罪過誰，連林梓都想不出好辦法，她也只得作罷。

時間轉眼到了四月底，這一天雲朵因為跳水冠軍賽的稿子在公司加班，然後她收到唐一白的訊息。

唐一白：在做什麼？下班了嗎？

雲朵：加班 QAQ

唐一白：加班到幾點？

雲朵：不知道，反正會很晚，明天要出刊。

雲朵：你有事嗎？

唐一白：我回家了，本來想今天請妳吃個飯。這頓飯拖兩個月了。

雲朵：你家在附近？

唐一白：對。

雲朵：今天好像不行，我都不知道幾點才能完工……

唐一白：宵夜也不行？

雲朵：不行，你早點休息，改天請我吧。(*>__>*)

唐一白：太晚回家不安全。

雲朵：沒事沒事，我有小弟護送。

雲朵傳完這句話，抬頭望了一眼坐在前面座位上的林梓。他正趴在桌上睡覺，身體均勻起伏著。要說林梓這個小弟，雖然專業技能都沒開啟，但很忠心，知道雲朵要加班，就主動留下來等著送她回家。她從報社回到租屋處要步行十五分鐘，其實雲朵不怎麼害怕，她覺得B市的治安很好，畢竟是「天子腳下」嘛。但是這幾天，附近貼了不少警察局發的通緝令，要追捕某個四處流竄的殺人犯。林梓知道後，總是感覺自己的生命安全受到了威脅，還多次提醒雲朵要小心。這次她加班，他就不放心她自己一個人走夜路。

雲朵非常感動。她一個人跑到北方打拚，簡直太缺愛，別人對她的一丁點好都像甘霖一樣。何況林梓對她不只一丁點好。她抓起自己的碎花小外套，輕輕蓋在林梓的身上。

下了班，林梓把她送回家時已經快十一點了。雲朵輕手輕腳地走進門，客廳裡一片漆黑，只有門內的通道裡留著一盞廊燈，她在廊燈下找自己的拖鞋，不出意料地又沒找到。她只好朝著客廳輕輕呼叫：「二白……二白……」

沉睡中的二白被她叫醒了，叼著一雙拖鞋飛奔而來。

二白乃寵物界的一朵奇葩。牠透過看電視自學了叼拖鞋的技能，且能一次叼兩隻，特別替牠的種族爭氣。然而牠從來不叼別人的，只叼雲朵的拖鞋。每當雲朵換下拖鞋後，牠就會鬼鬼祟祟地跑來把它們叼走藏好，等雲朵回來，牠又會獻寶似的叼過來。

每次幹完這種傻事，牠還十分自豪地搖著尾巴等待雲朵的鼓勵。雲朵拿牠沒有辦法，在牠那充滿期待的眼神中，她每次都忍不住摸牠的頭。這直接助長了牠做傻事的氣焰。

閒話休提。現在雲朵換好拖鞋，和二白一起向客廳走，路過廚房時，裡面走出一個人來，差一點和她撞上。

雲朵定睛一看，是路阿姨。

路阿姨穿著真絲睡衣，一臉睡意地看到雲朵，有些不高興，「妳怎麼現在才回來？」

「我……吵到妳了？」

「沒有，我剛剛喝水。」

「喔，那……」雲朵猶豫了一下，說出了一個可怕的猜測，「您不會是想我了吧？」

「哈！」路阿姨突然笑了一下，像是想到了什麼極其有趣的事情，她輕輕拍一下雲朵的肩膀，「早點睡。明早我要請妳吃早飯，不許拒絕。」

「啊？喔。」

路阿姨突然的友好讓雲朵有些納悶。但她太累了，此刻也沒精力想什麼，草草洗漱完就睡了。

※　※　※

由於前一天很晚睡，第二天雲朵被鬧鐘叫醒時非常不情不願。她揉著眼睛，頭腦昏沉沉的，像夢遊一樣飄到洗手間。洗手間裡傳來隱隱的流水聲，雲朵反應遲鈍，習慣性地推開門。

接下來那一幕可以排進她此生最震驚的十大鏡頭。

她看到一個男人。

一個正在淋浴的男人。

他背對著她，個子好高，寬肩窄腰，腿很長，身上無一絲贅肉，身材超級棒。上方蓮蓬頭灑下來的水像是細雨一樣打在他的肩背上，反彈出細小的水花，在他白皙的皮膚表面浮起一層薄薄的水霧。大部分的水則彙聚成數道小溪，蜿蜿蜒蜒地向下流去。

作夢了嗎？看來最近壓力太大了。

還是這麼大尺度的春夢，全裸出鏡！原來我是如此重口味的人嗎……她呆呆地想。

就在這時，那個人似乎感覺到異常，轉身了。時間像是突然放慢了，雲朵只覺得眼前的畫面彷彿在一幀一幀地播放。他緩緩轉身，輕輕抹了一把臉，伸手關掉水。

由於目光高度的原因，她首先看到了他濕漉漉的胸肌，然後視線向下移，腹肌，再向下移……一覽無餘……

雲朵驚訝地瞪大眼睛。這個夢太猛了，像人體教學片一樣高清無碼！雖然是在夢裡，但也覺得好羞澀，她趕緊把視線向上拉。

然後她看到了他的臉。

他長著一張唐一白的臉。

雲朵：（⊙ｏ⊙）

唐一白的眼睛也瞪圓了，震驚到無以復加，一臉「要死了我看到了上帝」的表情回望她。

兩人像是兩隻呆鳥一樣傻愣愣地互望，誰都沒了反應。隨著他們倆的嘴巴越張越大，雲朵忍不住揉了兩下眼睛。她多希望等她揉完眼睛，眼前的畫面就會消失，她會發現自己正躺在床上，剛才的一切只是夢。

然而沒有！這個夢太真實了！

雲朵快瘋了，她的感覺很不好，心裡壓著一個非常瘋狂的猜測，正不甘寂寞地一定要破土而出。她一狠心，伸手朝自己臉上甩去。

快醒醒啊，混蛋！

然而她的手被半路抓住。

唐一白輕輕鬆鬆地抓住她的手腕。

皮膚上潮濕滑膩的觸感像是莫大的刺激，讓她瞳孔微微縮了一下。她愣愣地盯著他的臉。她看到他眸子裡自己的倒影——表情像是見到鬼；她看到他睫毛上未乾的細小水珠，折射著微黃的燈光，像是細碎而純淨的黃水晶。

連細節都這麼逼真，怎麼可能是夢啊啊啊！！！！

雲朵好絕望。

這時，唐一白一句話打破了她最後一點希望，他輕聲說道：「不是夢。」

「啊！！！！！」雲朵尖叫一聲，那聲音比二白被踩到尾巴時還要淒厲。

她甩開唐一白，轉身跑開了，兔子一樣敏捷。

唐一白看到她纖細的身影轉了兩個彎，像一道小閃電一樣，一頭跳回她的房間裡。

曾經是他的房間。

雲朵跑進房間，把腦袋塞進被子裡。

哇靠哇靠哇靠哇靠！！！！！！！

是唐一白！豆豆就是唐一白！所以房東才姓唐！所以他們家狗才叫二白！她已經獲得很

多提示了，但她依然無法猜到這樣的神展開！生活真的比電視劇精彩一萬倍！！！

而且，她、把、唐、一、白、看、光、光、了！

嗚嗚嗚嗚，沒臉見人了！

雲朵恨不得把自己悶死在被子裡，她趴在床上，像是雪地裡的傻狍子一樣一動不動。

然後外面傳來敲門聲。咚咚咚，咚咚咚。

「雲朵？」唐一白在外面叫她。

雲朵兀自用被子虐待自己，絲毫不給他回應。唐一白鍥而不捨地敲著門，雲朵只顧著裝死。兩人像在較勁一般，他不停敲門，她不停裝死。

這種拉鋸戰持續了有十幾分鐘，終於以唐一白的放棄宣告結束。

聽到門外終於沒了動靜，雲朵鬆了口氣，伸出腦袋來。她的臉憋得通紅，此刻大口喘氣。

她摸過手機，發了條貼文宣洩：瞎了！！！！！！！！！！！

有人秒回了。

浪裡一白條：負責。

唐爸爸回到家時，看到兒子正靠在雲朵的房間門口玩手機。臭小子也不知看到什麼好玩的東西，咬著嘴唇輕笑，眼睫輕輕掀動。他應該是剛剛洗完澡，頭髮還濕著，倒沒像平常一樣穿浴衣，而是換了T恤和沙灘褲。

路女士輕聲對唐爸爸說：「奇怪了，你也不帥我也不美，怎麼生個兒子這麼好看？每次不管他做錯什麼事，看到他那張帥臉，我就會輕易地原諒他。」

唐爸爸搖頭，「誰說妳不美的，妳是天下第一美女好嗎？沒聽過『女像父，兒像母』這句話嗎？生個兒子當然像妳，天下第一帥哥無疑。」

路女士橫了他一眼。

其實年輕時的路女士是那種氣質型美女，第一眼並不會讓人驚豔。唐一白長得帥，不完全是當媽媽的功勞，只能說這小子太會選擇性遺傳了。臉型和鼻梁隨媽媽，個子也隨媽媽，高於平均水準線；眉毛眼睛像爸爸。嘴唇呢，也更像媽媽，不過自己進行了修正，沒有媽媽那種清冷的線條，而是偏柔和，笑的時候有點輕佻。

總之，他的投胎技能MAX，且自帶PS系統。

此時，看到自家兒子靠在雲朵的房間門口，唐爸爸便問：「豆豆，你見過雲朵了？」

唐一白輕輕「嗯」了一聲，答道：「她已經看到我了。」

唐爸爸並不知道這句話中的深意，只是說道，「那你守在人家小女孩的門口做什麼？騷擾她嗎？」

「不是。」唐一白說著，走到客廳坐下。他低頭刷新貼文，發現剛才雲朵發的那條已經刪掉了。唐一白莞爾，傳了一條訊息給雲朵：已截圖。

雲朵沒有理他。

唐爸爸追到客廳，不屈不撓地道：「別以為我不懂，你肯定是看到雲朵長得漂亮，後悔了。我告訴你，晚了。不要以為你是我兒子，我就能容忍你騷擾我們家房客。」

唐一白有些無奈，「爸，我真的沒有。」

「呵呵，」唐爸爸冷笑，「知子莫若父，你從小就好色。小學一年級就帶女同學回家做作業，還一次帶三個。」

唐一白無語地看著他，「這都什麼時候的事情了，您還提？而且那也不是我帶回去的，是她們跟回來的。」

他也很無辜好不好！剛上小學時，學校離家很近，他上下學不用爸媽接送，結果某一天放學回家時就被同班同學尾隨了。他還傻呼呼地以為大家順路，本著團結友愛的原則他用自己的零用錢買了糖葫蘆給她們。然後呢，吃完零食，她們就集體跟到了他家門口，說想跟他一起做作業。於是唐爸爸買完菜回到家時，就看到自家一下子多了好幾個小朋友。兒子的朋友這麼多（雖然都是女孩），讓唐爸爸很高興，他做了好多飯菜，做完飯之後覺得不太對勁，就問女孩子們有沒有和家裡說。小孩子做這種事也心虛，都沒跟家長說明去向。

好吧，這下亂了套，唐爸爸趕緊打電話給三個孩子的家長，又打電話到學校。那邊幾個家長找不到自家小孩，都急瘋了，正在學校鬧，一接到電話，便風風火火地趕到唐一白家。可想而知幾位家長都不會有什麼好臉色，唐爸爸賠笑半天，把他們送走了。走的時候，幾個家長意味深長地勸唐爸爸要好好教育小孩，要不然以後會長歪的。

那次唐一白被爸爸媽媽罵了，第二天去學校又被老師罵，老師還威脅他說以後再發生這種事，就不要想戴紅領巾了。總之他被三個女同學坑了，往事真的不堪回首。

現在，唐一白不想回憶這種事情，他就問媽媽：「媽，妳餓不餓？」

唐爸爸聽到這句話，果斷滾去廚房了。

路女士是一個守信用的人，說要請雲朵吃早餐就一定要請。況且雲朵是她的證人，昨天晚上臭小子還陰陽怪氣地問她為什麼不「租個女孩」回來，今天她當然要看著雲朵打他臉。

於是她去敲雲朵的門了，咚咚咚，「雲朵？起床了嗎？」

等了一會兒，那扇房門才輕輕打開。雲朵扶著門，小聲說道：「阿姨。」

路女士有些疑惑地看著她，「妳怎麼了，臉這麼紅？」

「我……不太舒服。」

「要不要緊？要送妳去醫院嗎？我這裡有免費勞動力。」

「不用不用！」雲朵一想到那個免費勞動力是誰，就感覺頭皮發麻。

「那就洗漱吃早餐吧，吃完早餐再休息。」

路阿姨說話像是在下達命令，雲朵一不小心又服從了，「喔，好。」

雲朵收拾完畢時，唐爸爸已經把早餐擺上餐桌。長方形的原木餐桌上放著小米山藥粥、燕玉米、煎蛋、小籠包，還有水果。粥是出門晨練前煮好的，小籠包是回來時在樓下買的。雲朵坐在餐桌旁，面對熱氣騰騰的早餐，她很沉默。

唐叔叔和路阿姨並肩坐在她對面，理所當然地，唐一白坐在了她身邊。

路阿姨清了清嗓子，對雲朵說：「雲朵，還沒和妳介紹呢，這是我兒子，唐一白。」

唐一白嘆了口氣，語氣有點憂傷，「爸、媽，你們果然不關心我。」如果他們看到他的專訪，就該早知道他和雲朵認識。

唐爸爸哼了一聲，「不關心你，你能長這麼大？」

還是路阿姨看出端倪，「你們早就認識了？」

雲朵解釋道：「叔叔阿姨，我是一個體育記者，認識唐一白的，」頓了頓，她補充道：「其實不太熟。」

唐一白輕笑一聲，低頭小聲說：「是嗎？」

雲朵埋頭吃著自己的早餐，她吃得前所未有地快，咀嚼的頻率像小松鼠一樣。

唐爸爸和路女士對望一眼，都看到對方眼中不同尋常的意味。

吃過早餐，唐叔叔和路阿姨都去上班了，雲朵很遺憾不用上班，今天是她的休息日。她要溜回自己的房間，奈何被唐一白擋住去路。

唐一白堵在她的房門口，低頭看著她溫聲說道：「還在生氣？」

雲朵垂頭答道：「沒。」

「對不起，我只是開個玩笑。」他解釋道。

「沒有，我只是……需要冷靜一下。」她需要時間消化這個事實，以及這份尷尬。

唐一白還要說什麼，這時，他看到二白搖著尾巴就過來了，嘴裡叼著一顆網球。牠走到雲朵身邊，低頭把網球放下，然後抬頭充滿期冀地看著她。

雲朵每次都無法拒絕這樣的眼神。

她最後還是帶著二白出門了，唐一白像個保鏢一樣跟在身後，導致這一人一狗看起來特別威風。

唐一白眼裡的唐一白：忠誠的護花使者。

雲朵眼裡的唐一白：勤勞的鏟屎官。

二白眼裡的唐一白：可惡的第三者。

兩人一狗來到離家不遠的一個寵物公園，這裡貓貓狗狗很多。二白的脾氣好，從不招惹是非，因為做過結紮手術，也不近女色，整天只知道傻吃傻玩。雲朵把網球扔出去，牠高高興興地撿回來，放在地上等著她再扔。

唐一白撿起網球，「嗖」地一下扔出，小小的網球像一顆飛逝的流星一樣奔向遠方的小樹林，轉眼間不見了蹤影。

二白望著網球消逝的軌跡發呆，背影那個蕭瑟啊。然後突然轉過頭，委屈地看著雲朵：看不到了！

雲朵囧兮兮地看一眼唐一白。

唐一白只好帶著二白踏上了尋找網球的征程。雲朵留在原地，摸出手機和陳思琪聊天。

雲朵：不小心看到男人的裸體怎麼辦……

陳思琪：看情況。身材好嗎？

雲朵：好……

陳思琪：那個地方，飽滿嗎？

雲朵：＝＝

陳思琪：妳看到誰的了？

雲朵：唐一白……

陳思琪：啊啊啊啊啊啊啊！！！！！

陳思琪：唐一白是祁睿峰的！妳為什麼偷看他！妳這個色胚！

陳思琪：快說，他那裡大不大？我早就想知道了！

陳思琪：隔著泳褲目測誤差比較大！

雲朵：＝＝

陳思琪：所以妳是在跟我炫耀嗎？很好妳成功了！絕交！

雲朵：只是不知道要怎麼面對他。感覺好尷尬……

陳思琪：明明是妳賺到了，妳還有什麼好不滿的！人家唐一白說什麼了嗎？祁睿峰說什麼了嗎？

雲朵：QAQ

陳思琪：矯情！

難道真的是我矯情了嗎……雲朵陷入了自我檢討之中。其實她也不是小孩子，知道男人的裸體長什麼樣子，生物課都學過。所以如果真的不小心見到，似乎也沒必要大驚小怪？

看看人家唐一白，多淡定啊……

沒什麼大不了的，大家都是成年人，都是文明人，她又不是想非禮他，對吧？

雲朵這樣做著心理暗示，然後她的手機響了。她接起來，「喂，令晨哥？」

撿球歸來的唐一白腳步頓住。令晨……哥？

雲朵並沒有發現他，只是低頭講著電話，「嗯，沒有忘記……好啊……好，晚上見……不用，我坐車過去……那好，謝謝令晨哥。」

掛斷電話，她一轉身，看到唐一白神色古怪地看她。他問道：「妳認識我表哥梁令晨？」

「嗯，唐叔叔介紹我們認識的。」這個人文質彬彬，待人溫和，雲朵對他印象不錯。他們之前約好一起吃飯，她已經答應了，時間是今天晚上。反正雙方都沒有男女朋友，不如試著接觸一下，做不成情侶還可以做朋友嘛。

唐一白抿了抿嘴，隨手把球丟給二白。他說道：「妳一直這樣叫他，『令晨哥』？」

「對啊，不然叫什麼？他比我大五歲。」

唐一白似笑非笑地看她，「怎麼沒聽妳叫我『一白哥』過呢？」

雲朵有些好笑，「我還『一休哥』呢！你只比我大一個月而已。」

「大一天也是大，」他說著，挑眉輕笑，「來，叫聲『一白哥』。」

雲朵不理他，彎腰和二白玩。

唐一白卻不屈不撓，「妳以後都要叫我『一白哥』。」

「豆豆哥。」

唐一白：-_-|||

看著雲朵和二白在一旁玩得愉快，唐一白摸出手機，傳了封訊息給梁令晨：

表哥，好久不見，晚上一起吃飯吧！

梁令晨：今天不行，我約了人。

唐一白：我不介意^_^

唐一白直到午飯時都沒有要回游泳隊的打算，雲朵很好奇。對此唐一白回答：「剛從高原下來，可以休息一天。」

雲朵已經能泰然地與唐一白相處了。如陳思琪所說，占便宜的是她，她有什麼好矯情的，哼。

中午雲朵做了蛋炒飯、芹菜炒金針菇和蠔油生菜。唐一白只不過幫她打了四顆雞蛋，卻吃掉了四分之三的飯菜。他自己也覺得過意不去，出門買了顆大西瓜。雲朵是小清新重症患者，把西瓜瓤挖成圓圓的小球盛放在透明無色玻璃杯裡，特別豔麗漂亮。唐一白心靈手巧學得很快，幫她挖。然後他挖一個她吃一個，吃得肚皮都圓了。

她吃飽西瓜後，唐一白就抱著剩下的西瓜盤腿坐在沙發上，慢悠悠地挖著吃。

雲朵坐在一旁看他。

她覺得今天的他很不一樣。

往常她看到的他，無論是溫和的還是霸氣的，那都是作為一個運動員的存在，像濃郁的水彩畫，雖然色彩明亮熱烈，到底線條粗疏，只能見其一面。而今天的他完全脫離了運動員這層身分，變得更加生活化了。正如一個鏡頭悄悄偏離了焦點，照進了那不為人知的角落。

而這樣的他，才是最真實的他吧？首先作為一個普通年輕人的真實。

唐一白兀自吃著西瓜，雲朵突然說：「我幫你拍張照吧？」

他知道這是她的職業病，看到人就想拍照，於是點點頭，輕輕用鼻音發了一聲「嗯」。

雲朵拿出相機，選好角度，連續拍了幾張。

她選的角度很特別，照片被處理成黑白色。午後的陽光透過紗質窗簾照來，在地板上投射出一片邊界模糊的光斑，光線反射，折到鏡頭前，形成迷離的光暈。唐一白側對著陽臺坐在沙發上，身處在光影之中，輪廓清晰而深刻，像古老的雕塑，因背光而顯得面目模糊，側臉線條卻因此越發俊朗深邃。

T恤和沙灘褲寬鬆舒適，襯得他身材稍顯清瘦，裸露在外的手臂放鬆地彎曲，修長手指間夾著一個不銹鋼勺柄。光線悄悄掠過，照得他手上肌膚白得像乾淨的玉石。

雲朵調好照片給他看，等著他業餘的誇獎。然而唐一白看完卻說，「有夠娘。」

「這是藝術。」雲朵辯解道。

他拉了一下自己T恤，提出了建設性意見，「脫了衣服再照一張？」

雲朵一下子想到了某少兒不宜的畫面，臉騰地紅了。

「咳，」唐一白用一種看色狼的眼神看著她，「我是指上衣。」

不等她首肯，他就把上衣脫了，露出完美的肌肉。雲朵擺弄著相機，看著鏡頭裡的人。打著赤膊吃西瓜這種畫面真的跟藝術毫無關係了，這畫風似乎更接近摳腳大漢的氣息……而且，關鍵時刻還有一隻蠢狗亂入……

二白站在旁邊，仰頭看著唐一白手裡的西瓜，小眼神充滿渴望。

雲朵無奈地放下相機，「你給牠吃點吧？好可憐。」

唐一白振振有詞：「長幼有序，我吃完才能給牠吃。」

雲朵囧兮兮的，「這個成語真的可以這樣用嗎……」

唐一白吃了一會兒西瓜，終於把剩下的賞給二白。二白吃得那個歡喜啊，吃得一臉西瓜汁都毫不在意。牠吃完後不小心把西瓜皮頂在腦袋上，便開心地頂著西瓜皮到處轉，乍看像是西瓜成了精。雲朵嘖嘖搖頭。每當她以為牠不能更蠢了，牠都會用實際行動打她的臉。

唐一白有些無聊，「我們看電影吧？」

雲朵找了一部她看過但唐一白沒看過的搞笑電影，用隨身硬碟接到電視上觀看。唐一白出門去便利超商買了些零食。爆米花、開心果、果汁……都是買給雲朵的。

畫面調好，隔光窗簾拉好，兩人各就各位，坐在沙發上。

他和她靠得有點近，近到他稍微一偏頭，就能看到她亮晶晶的眼睛。

這時，二白搖著尾巴走過來，非常有自覺地上了沙發，擠在兩人之間端坐，專注地盯著電視螢幕。

唐一白：「……」突然想打死牠是怎麼回事……

電影的笑點很足，雲朵第二次看，還是被逗得捧腹，不停地咯咯笑著。唐一白的笑點很高，倒是不覺得電影有多好笑。可是每當聽到雲朵的笑聲，他就忍不住跟著牽起嘴角。

奇怪了，笑聲也是會傳染的嗎？

看完電影，休息了一下後，雲朵回房間了。過了一會兒，唐一白看到她走出來。他嚇了一跳。

她換上了裙子。白底帶淺綠色小碎花的長袖連身裙，淺藍色漆皮帶蝴蝶結的淺口平底鞋，頭髮披散下來，斜戴著一個和鞋子差不多顏色的小髮夾。整個人打扮得清純甜美，黑亮濃密的長髮披在肩上，又散發著淡淡的嫵媚氣息。

唐一白嚇得張大嘴巴，「妳做什麼？」

雲朵走到玄關那裡的穿衣鏡前，她自己的房間目前沒有那麼大的鏡子。她扯著裙子在鏡子前左看右看，答道：「晚上要和人出去吃飯，所以換件衣服……你覺得這一身怎麼樣？」

唐一白差一點脫口說出「很好看」，他及時地抿住嘴，反問：「有必要嗎？」

「這是基本的禮節。」還有一點雲朵沒說。她的職業是記者，整天在外面瘋跑，穿衣以實用為主，所以能穿漂亮衣服的時候很少。有這種機會，她當然要好好過過癮啦！

她在鏡子前轉了個圈，裙襬像波浪一樣蕩漾，她再次問：「這一身好看嗎？」

「還行，」唐一白頓了頓，尋找合適的說詞，「就是有點用力過猛，不夠自然。」

「是吧？我也覺得碎花和蝴蝶結略顯幼稚。」

雲朵回去又換了一套，這一次唐一白評價為老氣橫秋，做作。

再換，換了女神必備的白色長裙，還穿了高跟鞋。唐一白摸著下巴說：「衣服很漂亮，人就一般了。」唉，又撒了一個彌天大謊……

雲朵換來換去，把她的衣服都穿遍了，最後也沒有獲得唐一白的首肯。她苦著臉說：「你的眼光很高。」

唐一白安慰她，「沒關係，以後會有機會買到好衣服的。我覺得妳與其弄巧成拙，不如就清新自然的好。」

「怎麼個清新自然？」

「就妳今天上午遛狗穿的那一套就好。」

上午她穿的是格子襯衫和牛仔褲，雲朵有些遲疑，「會不會太隨意了？」

「相信我，男人都喜歡自然美。另外妳不要化妝，頭髮綁起來不要散著，否則和服裝不搭。」

「……真的？」

「到底妳是男人還是我是男人？」

雲朵最終選擇相信真男人。這種信任維持了三十分鐘，當梁令晨開車來接她，她看到他西裝革履打領帶時，突然發現自己做了一件蠢事——她竟然相信一個運動員的穿衣品味。

唐一白輕輕推了一下她的肩膀，「雲朵，上車。」

雲朵上了車，然後看到唐一白也上了車。

雲朵：？？？

唐一白對梁令晨說了一句話，算是解開了她的疑惑：「表哥，謝謝你請我吃晚飯。」

梁令晨輕輕「嗯」了一聲。

雲朵心想，梁令晨應該是擔心和她不熟，所以請了兩人都認識的人來一起吃飯，到時候肯定不會冷場。嗯，想得還挺周到。

三人來到一間高檔西餐廳，裡面的客人一個個衣裝精緻，只有雲朵和唐一白兩人穿得特別隨意，還不如服務生好。跟梁令晨坐在一起，他們倆像是沙縣小吃送外賣的。

雲朵幽怨地看了唐一白一眼，發現他正抿著嘴角，極力忍笑。

看，這就是誤交損友的下場。

梁令晨長得斯文俊秀，去年醫學博士畢業，目前在一家特優醫院，可以說年輕有為。他談吐自然穩重，讓人有種如沐春風的感覺。雲朵便聽他說一些專業領域的見聞。

她喜歡聽別人說自己的事情。

唐一白一邊吃東西一邊隨口聊幾句，後來他按著餐巾紙折折疊疊，像個智障兒童，雲朵也不知道他在玩什麼。等到晚餐結束時，他遞給她一個小兔子。

一個肥肥的、用餐巾紙折的小兔子。

「送給妳。」

「好可愛。」雲朵捏了捏小兔子的耳朵。

「像妳。」

她有些囧，「我有那麼胖嗎！」

唐一白垂著眼睛沒有說話。剛結完帳的梁令晨轉身，恰好看到他厚臉皮的表弟眉目低垂，眸光盡斂，眼角眉梢的笑意像是要溢出來。

梁令晨有些錯愕。

結完帳後的梁令晨很沉默，雲朵向他表達謝意時，他淡淡地「嗯」一聲，看了看她，嘴唇輕輕動了一下，終究什麼也沒說。

現在的時機不好，表弟還在一旁虎視眈眈呢……

他要取車時，唐一白說：「表哥，我送雲朵回去就好。你明天還要上班，早點休息。」

「沒關係。」梁令晨搖了搖頭，看著雲朵，目光帶上了一絲期待。

雲朵卻也一樣搖頭，「令晨哥你不用麻煩啦，我們自己坐車回去。」我們。

梁令晨還想說什麼，唐一白卻扶著雲朵的兩邊肩膀輕輕推著她走，邊走邊說：「好了好了，表哥再見！」

從力量對比來看，雲朵在唐一白面前簡直就像小木偶一樣，他要怎樣她就只能怎樣，於是她不得不朝路邊走去，邊走邊搖手和梁令晨告別。

梁令晨站在原地，看著他們重疊在一起的背影，無奈地嘆了口氣。

如果一個女孩不願麻煩一個男人，那絕非好事。

常言道人在江湖飄，哪能不挨刀。計程車叫多了，難免遇到一兩個不可靠的司機。雲朵今天遇到的這個司機就極度不可靠，最可怕的是，他還裝出一副很可靠的樣子，直到最後，也不知道轉進了哪裡，他無奈地一拍方向盤，「對不起，我迷路了。」

唐一白本來在和雲朵說話，並沒有注意他的行車路線，現在聽到他這麼說便問：「你怎麼不早說？」

雲朵也奇怪，「您沒有導航嗎？」

「沒有。」

不認識路，沒有導航，還如此淡定，這位司機大哥的自信心真是與生俱來地堅不可摧啊……雲朵無奈地看著唐一白。

唐一白向窗外望了望，說道：「算了，離得不遠，我們就在這裡下車吧。」

就這樣莫名其妙地在離家一公里外的地方下了車。唐一白對這附近很熟悉，領著雲朵鑽進一條巷子。

雲朵走了一會兒，發覺很不對勁。巷子裡空無一人，民宅裡也沒有燈光，整條巷子顯得空蕩蕩陰森森的，安靜得有些詭異。人走在其中，任何聲響都會被放大，好像馬上就會驚動此地蟄伏的各路鬼祟。

路燈已經廢棄了，唯一的照明裝備是純天然的月亮。今天的月亮很圓，帶著毛邊，像是一隻巨大的眼睛在盯著他們。

雲朵的精神漸漸繃緊，連呼吸都放輕了一些。她輕輕扯了一下唐一白的衣角，「你不會是故意的吧？」

「故意什麼？」

雲朵左右看看，抱怨道：「這裡這麼黑。」

唐一白樂了，「妳怕黑？」

「不是，」雲朵矢口否認，解釋道：「就是感覺怪怪的，這條巷子裡怎麼沒有人？」

「以前是有的。」唐一白輕聲說道，聲線飄忽，像是被什麼思緒扯住了。

雲朵心裡一咯噔，「為什麼現在沒有了？」

「陸續發生了一些怪事，一些……以人力無法抵抗的怪事。再後來，一夜之間，這裡所有人都不見了。」

「啊！」雲朵嚇得驚叫出聲。

「怎麼了？」唐一白似笑非笑地看她一眼。

她抖著聲音問：「為、為什麼不見了？」

「因為拆遷，都搬走了。」

「……」

萬萬沒想到故事的真相是這樣，雲朵覺得自己白出了一身冷汗。她有些憤怒，抱著手臂瞪他，「神經啊！」

月光下，她的眼睛明亮如星辰，因為生氣，腮幫子鼓鼓的，像雪球一樣。唐一白有些好笑，很想捏捏她的臉。

他突然對她說：「妳身後的那團黑影是什麼？」

雲朵嗤笑，「再信你我就是豬。」她說著轉身向前走，然而還是很不爭氣地將目光往方才身後的位置瞟了一眼。

這一看，她大驚失色——那裡真的有個身影在晃動！

黑燈瞎火的，那個角落又背光，月亮照不到，所以剛才那個影子幾乎和牆壁融為一體。而現在，它走出來了……

喔，不是它，是他。

那是一個人，一個男人。

他的頭髮又亂又長，遮住了額頭，穿著一個舊短袖背心，背心上印著某啤酒的廣告；顏色發白的舊深藍色短褲、一雙已經破到露出腳趾的布鞋。

這一身衣服破破爛爛的，像個拾荒者。

在一個陰暗而僻靜的小巷子裡，突然冒出這樣一個人……任誰遇到這種事都會覺得心裡發毛。眼見那人朝他們走來，雲朵不知該如何應對，她朝路邊讓了讓，心想，說不定他只是個路過的，讓他先過就是了。

唐一白突然把雲朵扯到自己身後，警惕地看著那個人。

他終於走近了些，雲朵看到了他的臉。然後她只覺得腦袋「轟」一聲，心率狂飆，四肢僵硬。

是他，是那個殺人犯！警察局最近到處貼通緝令追捕他，林梓好幾次憂心忡忡地拿那張通緝令給她看，所以她印象特別深刻，已經完全能夠把上面的內容背下來了。

這個通緝犯是本地人，懂格鬥，前後共殺過六個人，重傷一人，死者包括一名警察。此刻，這個殺人如麻的罪犯出現在雲朵面前，嚇得她臉色慘白，一時忘了該作何反應。

唐一白突然重重推了她一把，接著吼道：「跑！」

幾乎是本能地，雲朵朝著路口跑去，可是跑出去幾步後，她突然反應過來。她走了，唐一白怎麼辦？

她停下來轉身看他。

那個喪心病狂的殺人犯已經撲上去和唐一白打起來，唐一白赤手空拳，而殺人犯手裡赫然多出一把明晃晃的尖刀！

唐一白很少和人打架，基本上沒什麼戰鬥經驗。也幸虧他身材高、力氣大、反應快，此刻一把握住那人握刀的手腕，使他傷不了人。兩人就這樣僵持著，殺人犯突然一抬膝蓋，重重撞上唐一白的小腹。

唐一白吃痛地悶哼，手上力道卻是不減，死死地握著他的手腕。唐一白的餘光掃到雲朵停了下來，他急道：「妳快跑！跑出去！」

殺人犯急著解決掉唐一白，此刻突然不管不顧起來。他鬆開手丟掉尖刀，用身體衝撞唐一白，唐一白冷不防被他撞了個踉蹌，向後退了兩步，殺人犯飛快地撿起尖刀再次撲上來。

唐一白一沒經驗，二沒武器，此刻占了下風。他朝路口方向望去，雲朵的身影已經消失，於是他悄悄鬆了口氣。

殺人犯舉刀又刺，唐一白因為一恍神的功夫，沒有做出反應，待看到刀光時，他嚇出一身冷汗，連忙閃身去躲。

然而那殺人犯的動作卻突然停滯，接著保持著那個姿勢呆立不動，像是被人點了穴道一樣。停了一下，他的手突然鬆開，咣噹，尖刀掉在地上。

然後，他整個人也跟著倒下。

他的身體倒下後，雲朵纖細的身影出現在唐一白眼中。她手裡抱著一個帶棱角的混凝土塊，棱角上沾著點點血跡。她一張小臉嚇得慘白，毫無血色。

看到唐一白安然無事，她像是渾身失去力氣，手中的混凝土塊滑落，重重摔在地上。

她踉蹌著退了一步，唐一白連忙上前扶她。她的手冰冰涼涼的，沒有一絲溫度，臉色依舊是慘白，兩眼無神，那本來晶亮水潤的眸子此刻如蒙塵一般。看到她這樣子，唐一白莫名地心口發緊，有些心疼，還有些酸酸漲漲的難過。他一把將她摟進懷裡。

她因驚嚇過度，身體軟軟的，他都不敢太用力，只是一手扶著她的腰，一手輕輕撫著她的後背，柔聲說道：「好了，沒事了。」

雲朵沒有說話。她任由他摟著，臉埋在他的胸前。唐一白感覺到她的呼吸噴到他的胸口，隔著一層T恤，還是有微微的熱量滲透到胸口的皮膚上，又透過皮膚鑽進他的心房裡。他摸了摸她的小腦袋瓜，不吝讚美，「雲朵，妳很棒，是妳救了我。」

雲朵依舊沒有說話，軟軟地靠在他胸前，突然抬起雙臂環住了他。

唐一白把殺人犯的背心扒下來，撕成兩半，然後綁在一起當成繩子，把那殺人犯的兩隻手綁在身後。

綁緊之後，他報了警。

地上人昏迷未醒，雲朵藉著月光，看到地上有一灘血跡，那是從他後腦勺流出來的。她的心臟沉了沉，小聲問唐一白：「他會不會死？」

他該死，可是一想到她成為結束他生命的人，雲朵就從心底裡泛起一陣冷意。她從小到大連雞都沒殺過，現在就殺人了嗎？

唐一白彎腰在他的鼻端探了探，說道：「放心，他沒死，」他擔心雲朵待在這裡難受，便說：「妳去大馬路上等警察，我一個人在這裡看著就好。」

雲朵固執地搖搖頭，「我不要。」

她的臉色依舊慘白，好在終於開口說話了，眼裡也有了些神采，唐一白總算稍稍放心。說實話，他真怕她嚇出個三長兩短。不過話說回來，女孩雖然膽小，卻有勇氣襲擊那亡命徒，這份果敢，比一些膽大的人還有氣魄。

唐一白知道雲朵的擔憂，一般人無論如何都不願意做殺死同類的事。他安慰她道：「不管他是死是活，雲朵，妳今天都救了更多的人。我們只是看到他，他就要殺我們。如果有別人看到，他也會毫不猶豫地殺人。」

雲朵點了點頭說：「你為什麼總說是我？其實是我們兩個啊。」

唐一白笑了，「是啊，我們兩個。」

警察的效率出奇地高，沒一會兒，他們就聽到巷子外有警車鳴笛聲。小小的巷子一下子來了好多人，還有武警。他們走近時看到兩個年輕人站著，地上躺著一個裸著上身的男人，他的手被反捆著。翻過男人的臉一看，正是那個讓他們咬牙切齒的殺人犯。

為首的警察驚訝莫名，接著又十分感激，過來和唐一白雲朵握手，一邊握手一邊道謝。

把人交給警察後事情還不算結束，唐一白和雲朵還要跟回警局做筆錄。到了警局聽警察一說，雲朵才知道這個殺人犯有多可怕。他以前上過武術學校，而且還具備一定的反偵查能力，根據警方的犯罪心理專家分析，他具有反社會人格，殺人的時候心態特別輕鬆。

雲朵聽完一陣後怕。

唐一白也有些感慨。如果不是他抄近路走那條巷子，他們就不會遇上這殺人犯。他當時問雲朵「身後的影子是什麼」完全是一句玩笑，哪知道這句玩笑會真的引出一條鱷魚。如果他當時不開這個玩笑呢？那個人或許會放過他們，或許會從背後偷襲殺掉他們。

根據他的反社會人格，後者的可能性比較大吧。

警察聽完事情經過後，開始佩服這兩個年輕人，尤其是那個男生。還不到二十二歲，也沒什麼格鬥經驗，面對持刀歹徒時絲毫不懼，還能冷靜地部署計畫，先幫同伴爭取時間，這份心理素質絕對比金剛鑽都硬。人和人打鬥，有時候拚的就是那麼一股膽識。這年輕人用他的膽識征服了警局的大哥們。

那個軟萌的小女孩也很厲害，一般的女孩遇到那種場面多半會嚇得走不動，她還能趁機偷襲歹徒，不用說了，膽識過人！

警察做完筆錄，讓兩個年輕人留下住址和聯繫方式。當看到這對俊男美女的住址一模一樣時，他笑了，「原來你們是夫妻啊。」

雲朵紅了臉，「不是。」

「我懂的我懂的，」警察親切地拍拍唐一白的肩膀，「九月份才能領證。」

唐一白哭笑不得，倒也沒解釋什麼，帶雲朵走了。

走出警局，雲朵輕輕抽回手，低頭說道：「我已經好了，不怕了。」

唐一白卻重新牽起她的手，攤開她的手心看，看完一手又看另一手。她手心裡有幾個細小的傷口。那個混凝土塊太粗糙，在她手心摩擦，造成了這些小傷口。

他微微擰起眉，「怎麼不說？回去擦點消毒藥水。」

他的手心很熱，雲朵只覺得自己的手背像是放在了一個小火爐上。她有些彆扭，再次抽回手，手指微微蜷著，低頭說道：「怎麼不說你自己？你也受傷了，回去要擦藥。」

唐一白沉默了一下，突然說道：「雲朵，對不起。」

雲朵有些不解，「為什麼要說對不起？」

「是我帶妳去走那條巷子的，我們本來不用往那裡走。如果妳真的出了事，那都是我造成的。」

「不是這樣的，」雲朵認真地看著他的眼睛，「如果我們走另外一條路，未必不會遇到壞事，說不定會出車禍呢？有些事情誰也預料不到，那就不要往自己身上攬。而且，」她突然笑了，眼睛笑成了小月牙，「謝謝你在危急時刻沒有丟下我，而是捨身救我。唐一白，謝謝你。」

唐一白輕輕彈了一下她的腦門，笑說：「就為了這個感動？我怎麼可能丟下妳。」

兩人回到家時已經很晚，唐家爸媽已經睡了。雲朵要去洗澡，唐一白說：「洗完澡不要睡，幫妳擦藥。」

浴室是一個充滿新鮮回憶的地方。今天早上就是在這裡，她才看過唐一白的裸體。三百六十度全方位大尺度無碼寫真……這讓她怎麼能夠好好洗澡！一擰開淋浴開關就彷彿看到唐一白水氣淋漓中的背影，一轉身就想到他轉身的那一剎那，一低頭就感覺再次看到了他那個東東，真是夠了！

這個澡她洗得前所未有地快，洗完走出來時，看到唐一白在客廳裡擺弄藥箱。他打開藥箱，從裡面取出碘酒和活血化瘀的藥膏，放在茶几上。二白已經被驚醒了，牠饒有興致地看著唐一白的藥箱，似乎很有興趣。

一般被二白盯上的東西，都逃不掉慘遭分屍的命運，因此唐一白警告地看著二白，朝牠搖搖手指。

雲朵走過去，拿過碘酒。唐一白說：「等我，我等等幫妳塗。」說完他也去洗澡了。

這點小傷口何必勞煩別人。唐一白走之後，雲朵用棉花棒把兩個手心的傷口都塗好了。等唐一白一身濕氣地出來時，看到她兩個手心都是淺褐色的。她舉著兩隻手晃了晃，「我已經塗好啦，不用你幫我塗。」

唐一白輕笑，「喔，那妳幫我塗吧。」

他走到她身旁坐下，撩起衣服，看到小腹上有一個碗口大的瘀青。其實他身上所受到的瘀傷有好幾處，只有這一處最厲害。不過好在他並未受到刀傷。

雲朵本來想拒絕的，但是看到他傷成這樣，她便把話咽回去，只是問道：「痛嗎？」

「不痛。」

她有些擔憂，「去醫院看看吧？萬一——」萬一有內傷呢？

「沒事，如果他有那麼厲害，我們早就掛了。」他說著，將藥膏塞到她手上。

雲朵用手指沾了藥膏，輕輕塗在他腹部的瘀青處。他小腹上不見一絲贅肉，實在讓人羨慕嫉妒得很。沒有瘀傷的地方肌肉線條清晰整齊，像完美主義者雕刻的石膏模型。以男人來講，他的腰真的夠細的，卻也不是細得纖弱娘氣，而是柔韌有力，像美人魚一般。

她看過他完美的腹肌很多次，這一次卻突然可以摸到，那感覺很奇特，像是垂涎已久的天價珠寶突然可以試戴，有些意想不到，也有些誠惶誠恐。

她輕輕揉著他的傷處，力道很輕，小心翼翼地，像是在撫弄一件藝術品。她的眼神很純淨，完全不帶一絲雜念。

唐一白感受著她柔軟細膩手指的揉弄。她柔嫩的指腹與他小腹的肌膚觸碰，摩擦，那感覺很舒服。這舒服不是皮肉上的舒服，而是直達心底的、說不清道不明的愉悅。像是種子破土而出時的喜悅，像是乳燕學會飛翔時片刻的興奮，像是水底游魚聽到山間梵唱時那一刹那的點撥。

他瞇了瞇眼睛，說不清這是怎麼了。

雲朵還在認真地擦著藥膏。她坐在他身旁，扭著腰太累，只好半跪在沙發上。唐一白見狀，乾脆躺倒在沙發上，頭枕著扶手，兩腿彎曲，從上方繞過雲朵的雙腿，留下活動的空間給她。也幸好他腿夠長，留出來的空間還滿大。

這樣雲朵就可以坐在沙發上幫他擦藥了。

他躺在沙發上，從下往上看她的臉。由於兩人的身高差距，他很少從這個角度看她。她總算褪去了慘白臉色，現在臉蛋紅潤，眼睛垂著，認真地看他的小腹。她的嘴唇是自然的淡紅色，唇角微微翹著。她剛洗過澡，頭髮還是濕的，隨意而散亂地披在肩頭，有幾綹頭髮越過耳朵垂下來，唐一白也不知道是自己強迫症發作還是怎樣，特別想幫她撩上去。

見她一直不說話，唐一白沒話找話，笑著問她：「哥的身材好不好？」

雲朵覺得這個人特別自戀，可惡的是人家真的有自戀的本錢。本著實事求是的精神，她答道：「我很羨慕你，腰上一點贅肉都沒有。」

唐一白很滿意這種回答，他笑道：「妳也可以的，經常游泳吧。」

「我不會游泳。」

「我教妳。」

雲朵搖搖頭，「我不想學。」

他有些奇怪，「為什麼？」

「我怕水。」

唐一白訝異道：「原來妳真的怕水？」

雲朵好笑道：「這還能說謊？騙人很好玩嗎？」

他若有所思地看著她，「為什麼怕水？」

「以前溺過水，差一點死掉，後來就形成心理陰影了。」她說著，表情有些痛苦，可見那心理陰影的面積應該很大。

唐一白便停下這個話題，只是說：「塗完之後妳幫我按摩一下，要用力喔。」

雲朵翻了個白眼，「你還真是不把自己當外人。」

唐一白笑而不答，瞇眼看著天花板，感覺小腹上的指尖力道真的大了一些，讓他的瘀傷處有些疼痛。他抽了一口氣，說道：「好，妳可以再用力一些……嘶……怎麼變輕了？雲朵，再用力一些。」

路女士推開臥室的門，便聽到客廳裡傳來兒子的聲音：「雲朵，再用力一些。」

路女士腦中警鈴大作，她輕手輕腳地走進客廳，看到她兒子仰躺在沙發上，雲朵坐在另一頭，側臉看著他兒子的……下半身？

雖然看不到這兩人在做什麼，但是從兒子那興奮中夾雜著絲絲痛苦的話語來看，他們還能做什麼！

路女士當場大怒，「禽獸！！！」

陡然出現的一聲怒吼把雲朵嚇了一大跳，手中的藥瓶不小心扔出去了，好巧不巧地，正砸在一旁二白的前爪上。二白慘叫一聲，夾著尾巴滾回自己的狗窩了。

唐一白也嚇得坐起來，扭頭一看是他媽媽，他抱怨道：「您這是在夢遊？」

路女士不打算走近，擔心自己看到不雅的一幕，她只是冷笑，「要臉嗎你們？要做什麼滾回房間去做！」說完冷冷地看一眼雲朵，心想她倒是看錯了這女孩，才跟混帳小子認識沒多久，就這麼上手了？

雲朵被她瞪了一眼，實在有些莫名其妙。擦個藥而已，有必要嗎？

唐一白已經醒悟過來他媽為什麼生氣，簡直哭笑不得，「媽……」說著站起身，把自己小腹上的瘀傷給她看，「我們只是在擦藥……」

路女士看到他受傷，頓時既擔憂又生氣，「怎麼回事，又受傷？」

「輕傷而已，路上遇到小混混，打了一架。」唐一白不敢說實話，如果告訴他媽他跟一個反社會殺人犯搏鬥，她就會去跟他搏鬥。

「光知道打架，不學好！」路女士訓了他兩句，見他真沒什麼大礙，便回臥室睡覺了。

留下唐一白和雲朵大眼瞪小眼。雲朵也不是傻子，此刻也明白過來，她紅著臉，別過頭去不看他。

唐一白看看她紅得滴血的耳垂，視線向下移，落在她的手上。她因為尷尬，正在掰手指頭玩，纖細白皙的手指如蔥尖一般，剛才就是這樣的指尖在他小腹上摸來摸去的，他媽媽還誤會這樣的手指在摸他那裡……

真他媽的！趕緊停下！不准想！

「那個……」

她剛開口，唐一白連忙說道：「好了，晚安，我們睡覺吧……不是，妳去睡覺吧，然後我也去睡覺。謝謝妳幫我擦藥，晚安！」他說著，也不等她回答，起身奔向書房。

雲朵呆了呆，「晚安。」

鬧了一整晚，她也確實睏了，擦了擦手指便去睡了。

安靜的客廳裡，一直裝睡的二白悄悄睜開眼睛，看到四下無人，牠高興地跳起來，歡快地跑到沙發上，叼著藥箱拖回自己的窩裡。

—未完待續—

高寶書版集團
gobooks.com.tw

YH 036
戀上浪花一朵朵（上）

作　　者　酒小七
特約編輯　Rei
責任編輯　陳凱筠
封面設計　恬　恙
內頁排版　賴姵均
企　　劃　方慧娟

發 行 人　朱凱蕾
出　　版　英屬維京群島商高寶國際有限公司台灣分公司
Global Group Holdings, Ltd.
地　　址　台北市內湖區洲子街88號3樓
網　　址　gobooks.com.tw
電　　話　(02) 27992788
電　　郵　readers@gobooks.com.tw（讀者服務部）
pr@gobooks.com.tw（公關諮詢部）
傳　　真　出版部(02) 27990909　行銷部 (02) 27993088
郵政劃撥　19394552
戶　　名　英屬維京群島商高寶國際有限公司台灣分公司
發　　行　英屬維京群島商高寶國際有限公司台灣分公司
初　　版　2021年 5 月

文化部部版臺陸字第110029號；許可期間自110年5月25日起至114年6月28日止。
本著作物由北京晉江原創網絡科技有限公司授權出版。

國家圖書館出版品預行編目(CIP)資料

戀上浪花一朵朵 / 酒小七著. -- 初版. -- 臺北市：
英屬維京群島商高寶國際有限公司臺灣分公司,
2021.05
面；　公分. --

ISBN 978-986-506-121-0(上冊：平裝). --
ISBN 978-986-506-122-7(中冊：平裝). --
ISBN 978-986-506-123-4(下冊：平裝). --
ISBN 978-986-506-124-1(全套：平裝)

857.7　　110005929